ne fist X /

t /

tive /

Sleep Resistance large / Freeze Resistance medium /

Burn Resistance large / Throwing / Hard-body / Iron knuckle

Velvet's STATUS

Lv92 HP 800/800 MP 170/170

[STR 50] [VIT 30] [AGI 60] [DEX 10] [INT 20]

怕痛的我，把防禦力點滿就對了

夕蜜柑

[插畫] 狐印

12

Welcome to "NewWorld Online".

Kadokawa Fantastic Novels

CONTENTS

All points are divided to VIT.
Because
a painful one isn't liked.

0850 1048 4070 7603

NewWorld Online STATUS

GUILD **大楓樹**

NAME **梅普露** Maple

LV 68

HP 200/200　MP 22/22

PROFILE

最強最硬的塔盾玩家

雖然是遊戲新手，卻因為全點防禦力而成了幾乎能無傷抵擋所有攻擊的最硬塔盾玩家。個性純真，能從任何角落找出樂趣，經常因為思想太跳躍而嚇傻身邊的人。戰鬥時不僅能使各種攻擊形同無物，還會打出各式各樣強力無比的反擊。

STATUS

[STR] 000 [VIT] 18690 [AGI] 000
[DEX] 000 [INT] 000

EQUIPMENT

- 新月 skill 毒龍
- 闇夜倒影 skill 暴食 / 水底的引誘
- 黑薔薇甲 skill 流滲的混沌
- 感情的橋梁
- 強韌戒指
- 生命戒指

SKILL

「盾擊」「步法」「格擋」「冥想」「嘲諷」「鼓舞」「沉重身軀」
「低階HP強化」「低階MP強化」「深綠的護祐」
「塔盾熟練Ⅸ」「衝鋒掩護Ⅵ」「掩護」「抵禦穿透」「反擊」「快速換裝」
「絕對防禦」「殘虐無道」「以小搏大」「毒龍吞噬者」「炸彈吞噬者」「綿羊吞噬者」
「不屈衛士」「念力」「要塞」「獻身慈愛」「機械神」「蠱毒咒法」「凍結大地」
「百鬼夜行Ⅰ」「天王寶座」「冥界之緣」「結晶化」「大噴火」「不壞之盾」「反轉重生」「操地術Ⅱ」
「至魔之巔」

TAME MONSTER

Name **糖漿**　防禦力極高的龜型怪物

「巨大化」「精靈砲」「大自然」etc.

oints are divided to VIT. Because a painful one isn't liked
elcome to "NewWorld Online"

6892 1179 0606 0847

NewWorld Online STATUS

GUILD 大楓樹

NAME 莎莉 Sally

LV 70

HP 32/32 MP 130/130

PROFILE

絕對迴避的暗殺者

梅普露的死黨兼夥伴，做事實事求是。很照顧朋友，不忘和梅普露一起享受遊戲。採取輕裝配雙匕首的戰鬥風格，憑藉驚人專注力與個人技術閃躲各種攻擊。

STATUS

STR 140 VIT 000 AGI 185

DEX 045 INT 060

EQUIPMENT

深海匕首 水底匕首

水面圍巾 skill 幻影

大海風衣 skill 大海

大海衣褲 死人腳 skill 步入黃泉

感情的橋梁

SKILL

「疾風斬」「破防」「鼓舞」

「倒地追擊」「猛力攻擊」「替位攻擊」「精準攻擊」

「快速連刺Ⅴ」「體術Ⅷ」「火魔法Ⅲ」「水魔法Ⅲ」「風魔法Ⅲ」「土魔法Ⅲ」「闇魔法Ⅲ」「光魔法Ⅲ」

「高階肌力強化」「高階連擊強化」

「高階MP強化」「高階MP減免」「高階MP恢復速度強化」「低階抗毒」「低階採集速度強化」

「匕首熟練Ⅹ」「魔法熟練Ⅲ」「匕首精髓Ⅲ」

「異常狀態攻擊Ⅷ」「斷絕氣息Ⅲ」「偵測敵人Ⅱ」「躡步Ⅰ」「跳躍Ⅴ」「快速換裝」

「烹飪Ⅰ」「釣魚」「游泳Ⅹ」「潛水Ⅹ」「剃毛」

「超加速」「古代之海」「追刃」「博而不精」「劍舞」「金蟬脫殼」「操絲手Ⅷ」「冰柱」「冰凍領域」

「冥界之緣」「大噴火」「操水術Ⅵ」「替身術」

TAME MONSTER

Name 朧　能以豐富技能擾亂敵人的狐型怪物

「瞬影」「影分身」「束縛結界」 etc.

0557 4654 3729 1094

NewWorld Online STATUS

GUILD 大楓樹

NAME 克羅姆 Kuromu

LV 87

HP 940/940 MP 52/52

PROFILE

不屈不撓的殭屍坦

NewWorld Online的知名高等老玩家，是個很照顧人的大哥哥。和梅普露一樣是塔盾玩家，身上的特殊裝備使他無論遭遇何種攻擊都能以50%機率留下1HP，並具有多種補血技能，能極為頑強地維持戰線。

STATUS

STR 140 VIT 185 AGI 040

DEX 030 INT 020

EQUIPMENT

- 斷頭刀 skill 生命吞噬者
- 怨靈之牆 skill 吸魂
- 染血骷髏 skill 靈魂吞噬者
- 染血白甲 skill 非死即生
- 頑強戒指
- 鐵壁戒指
- 感情的橋梁

SKILL

突刺 屬性劍 盾擊 步法 格擋 大防禦 嘲諷

鐵壁姿態

護壁 鋼鐵身軀 沉重身軀 守護者

高階HP強化 高階HP恢復速度強化 高階MP強化 深綠的護祐

塔盾熟練X 防禦熟練X 衝鋒掩護X 掩護 抵禦穿透 反擊

防禦靈氣 防禦陣形 守護之力 塔盾精髓IX 防禦精髓VIII

毒免疫 麻痺免疫 暈眩免疫 睡眠免疫 冰凍免疫 高階燃燒抗性

挖掘IV 採集VII 剃毛

精靈聖光 不屈衛士 戰地自癒 死靈淤泥 結晶化 活性化

TAME MONSTER

Name 涅庫羅 穿在身上才能發揮價值的鎧甲型怪物

幽鎧裝甲 反射衝擊 etc.

oints are divided to VIT. Because a painful one isn't like

elcome to "NewWorld Online"

1121 6511 1627 4925

NewWorld Online STATUS
GUILD 大楓樹

NAME 伊玆 Iz

LV 71

HP 100/100 MP 100/100

PROFILE
超一流工匠

對製作道具有強烈執著，並引以為傲的生產特化型玩家。在遊戲世界能隨心所欲製造各種服裝、武器、鎧甲或道具，是這款遊戲對她而言最大的魅力。雖然平時會盡可能避免戰鬥，最近也經常以道具提供支援或直接攻擊。

STATUS
STR 045 VIT 020 AGI 090
DEX 210 INT 085

EQUIPMENT
- 鐵匠鎚・X
- 鍊金術士護目鏡 skill 搞怪鍊金術
- 鍊金術士風衣 skill 魔法工坊
- 鐵匠束褲・X
- 鍊金術士靴 skill 新境界
- 藥水包
- 腰包
- 感情的橋梁

SKILL
【打擊】
【製造熟練X】【工匠精髓X】
【高階強化成功率強化】【高階採集速度強化】【高階挖掘速度強化】
【高階增加產量】【高階生產速度強化】
【異常狀態攻擊III】【躍步V】【望遠】
【鍛造X】【裁縫X】【栽培X】【調配X】【加工X】【烹飪X】【挖掘X】【採集X】【游泳VII】【潛水VIII】
【剃毛】
【鍛造神的護祐X】【洞察】【附加特性VII】【植物學】【礦物學】

TAME MONSTER
Name 菲 幫助製作道具的小精靈

【道具強化】【再利用】 etc.

l points are divided to VIT. Because a painful one isn't li
Welcome to "NewWorld Online

2128 0779 2864 5999

NewWorld Online STATUS ‖GUILD 大楓樹

NAME 霞 Kasumi

Lv 84

HP 435/435 MP 70/70

PROFILE

孤絕的舞劍士

善用武士刀，是實力高強的單打型女性玩家。個性沉著，時常退一步觀察狀況，但梅普露＆莎莉這對破格拍檔還是會讓她錯愕得腦筋短路。擅長以變化自如的刀技應付各種戰局。

STATUS

STR 205 VIT 080 AGI 115

DEX 030 INT 030

EQUIPMENT

蝕身妖刀．紫 櫻色髮夾

櫻色和服 靛紫袴裙 武士脛甲

武士手甲 金腰帶扣

感情的橋梁 櫻花徽章

SKILL

一閃 破盔斬 崩防 掃退 立判 鼓舞 攻擊姿態

刀術Ｘ 一刀兩斷 投擲 威力靈氣 破鎧斬 高階HP強化

中階MP強化 高階攻擊強化 毒免疫 麻痺免疫 高階暈眩抗性 高階睡眠抗性

中階冰凍抗性 高階燃燒抗性

長劍熟練Ⅹ 武士刀熟練Ⅹ 長劍精髓Ⅷ 武士刀精髓Ⅷ

挖掘Ⅳ 採集Ⅵ 潛水Ⅴ 游泳Ⅵ 跳躍Ⅶ 剃毛

望遠 不屈 劍氣 勇猛 怪力 超加速 常在戰場 戰場修羅 心眼

TAME MONSTER

Name 小白 擅長藉濃霧偷襲的白蛇

超巨大化 麻痺毒 etc.

oints are divided to VIT. Because a painful one isn't like

elcome to "NewWorld Online"

NewWorld Online STATUS

GUILD 大楓樹

NAME 奏 Kanade LV 60

HP 335/335 MP 250/250

PROFILE

難以捉摸的天才魔法師

具有中性外表和卓越記憶力的天才玩家。雖然擁有這樣的頭腦讓他平時避免與人接觸，但遇到純真的梅普露之後很快就和她打成一片。能夠事先將魔法製成魔導書存放起來，有需要再拿出來用。

STATUS

STR 015 VIT 010 AGI 090
DEX 050 INT 135

EQUIPMENT

諸神的睿智 skill 神界書庫

方塊報童帽・Ⅷ

智慧外套・Ⅵ 智慧束褲・Ⅷ

智慧之靴・Ⅵ

黑桃耳環

魔導士手套 感情的橋梁

SKILL

「魔法熟練Ⅷ」「快速施法」

「高階MP強化」「高階MP減免」「高階MP恢復速度強化」「高階魔法威力強化」「深綠的護祐」

「火魔法Ⅶ」「水魔法Ⅴ」「風魔法Ⅷ」「土魔法Ⅴ」「闇魔法Ⅲ」「光魔法Ⅷ」

「魔導書庫」「死靈淤泥」

「魔法融合」

TAME MONSTER

Name 湊 能複製玩家能力的史萊姆

「擬態」「分裂」 etc.

Il points are divided to VIT. Because a painful one isn't lik

Welcome to "NewWorld Online

5615 1896 1080 8803

NewWorld Online STATUS

GUILD 大楓樹

NAME 麻衣 Mai

LV 54

HP 35/35 MP 20/20

PROFILE

孿生侵略者

梅普露所發掘的全點攻擊力新手玩家，結衣的雙胞胎姊姊。總是努力想彌補缺點，好幫上大家的忙。擁有遊戲內最頂級的攻擊力，近距離的敵人會被她們的雙持巨鎚砸個粉碎。

STATUS

STR 510 VIT 000 AGI 000

DEX 000 INT 000

EQUIPMENT

- 破壞黑鎚・X
- 黑色娃娃洋裝・X
- 黑色娃娃褲襪・X
- 黑色娃娃鞋・X
- 小蝴蝶結
- 絲質手套
- 感情的橋梁

SKILL

「雙重搥打」「雙重衝擊」「雙重打擊」

「高階攻擊強化」「巨鎚熟練X」

「投擲」「遠擊」

「侵略者」「破壞王」「以小搏大」「決戰態勢」「巨人雄威」

TAME MONSTER

Name 月見 有一身亮眼黑毛的熊型怪物

「力量平分」「星耀」 etc.

...oints are divided to VIT. Because a painful one isn't like...

...elcome to "NewWorld Online"

5272 0557 2241 2738

NewWorld Online STATUS

GUILD 大楓樹

NAME 結衣 Yui

LV 54

HP 35/35 MP 20/20

PROFILE

孿生破壞王

梅普露所發掘的全點攻擊力新手玩家，麻衣的雙胞胎妹妹。個性比麻衣更積極，更容易振作。擁有遊戲內最頂級的攻擊力，遠距離的敵人會被伊茲為她們製作的鐵球砸個粉碎。

STATUS

STR 510 VIT 000 AGI 000

DEX 000 INT 000

EQUIPMENT

破壞白鎚・X

白色娃娃洋裝・X

白色娃娃褲襪・X

白色娃娃鞋・X

小蝴蝶結 絲質手套

感情的橋梁

SKILL

「雙重搥打」「雙重衝擊」「雙重打擊」

「高階攻擊強化」「巨鎚熟練X」

「投擲」「遠擊」

「侵略者」「破壞王」「以小搏大」「決戰態勢」「巨人雄威」

TAME MONSTER

Name 雪見 有一身亮眼白毛的熊型怪物

「力量平分」「星耀」 etc.

oints are divided to VIT. Because a painful one isn't li

Welcome to "NewWorld Online

序章

經過日復一日的探索，將廣大的第七階逛到沒去過的地方已經沒剩多少時，第九次活動到來了。這是一場殺怪型活動，在空中游動的魚或擅長以水攻擊的怪物在野外到處出沒。梅普露也率領【大楓樹】全體出動，拉抬所有玩家共享的擊殺數。

由於需要擊殺大量怪物，怪物本身並不強，梅普露幾個打起來並不吃力。但怪物攻擊方式特殊，又能在空中自由游動，打不太中的玩家也不少。對不管在不在空中都一概打爆的梅普露來說，對方這個優勢幾乎跟沒有一樣。

在這個所有玩家的擊殺數一起累計，期間又長的活動中，【大楓樹】認為不用急著全力農怪，也能在活動結束前達到最終獎勵的門檻。梅普露便悠悠哉哉地享受活動，和新認識的【thunder storm】和【Rapid Fire】的會長們深入交流。

然而當擊殺數達到目標值時，活動也進入下半場，這就是活動期間特別長的原因。此後野外不時會出現ＨＰ多到就算是梅普露也難以單殺的團戰魔王型巨大怪物。

對此，【大楓樹】以經過特訓而能夠持用八把巨鎚的結衣和麻衣為核心，在【聖劍集結】【炎帝之國】【thunder storm】【Rapid Fire】等公會的協助下成功擊殺魔王。梅

普露獲得耐人尋味的新道具，【大楓樹】也終於離開廣大的第七階，前進第八階。

那是過去熟悉的景象全覆沒在深深水底，一片汪洋的世界。即使探索起來感覺和以往完全不同，梅普露依然樂此不疲地凝望著遙遠的水平線，以及從水下層層疊起，在水面露出一小部分的城市。

第一章　防禦特化與潛水衣

梅普露一行人度過水上建築之間的小橋，來到第八階的公會基地。這階的公會基地有部分水沒地區，能從完全泡水的階梯往下深入。

「從這邊走也可以嗎？」

「在基地裡面應該是不會有危險啦……我們下去看看？」

泳技好的莎莉剛要把腳伸進去，面前就跳出一個視窗說目前不可進入。

「呃，不能進耶。可是感覺上，說不定是滿足條件以後就進得去喔？」

目前第八階資訊甚少，還是得從探索開始。莎莉再次閱讀官方公告。前次活動的累積了足夠擊殺數，解放了某個對玩家有益的第八階要素。

「那個要素多半跟這有關吧？」

「那我們趕快去探索！」

眾人沒有異議，照常分散到城鎮各處看狀況。整座城幾乎都在水下，不時能見到乘船移動的ＮＰＣ。若想徒步探索，只能走架在建築物之間的橋梁。

梅普露這次要和莎莉一起逛城鎮。兩人離開公會基地，往第八階城鎮走去。

「水裡的房子也能進去嗎？」

「不知道耶？好像到很深的地方都有……」

在清澈度高的水中，能見到撐起身旁建築的結構物。且如莎莉所說，它們層層交疊，一直延續到深處。

「城鎮外觀看起來就是整個從底下淹到這裡，應該有方法可以探索水底才對。」

不然這一階就只有那一點點突出水面的建築可以探索了，不會有這種事才對。這麼想著的兩人，很快就發現想找的東西。

那和第三階地區賣飛行器的店家很類似。店門口擺放著各式潛水衣，擺明要玩家下水探索。

「過去看看吧。」

「嗯！」

看著看著，NPC主動說起話來了：

「想下水探索，潛水衣不能沒有！如果撈到好寶物，說不定還能潛得更深喔？」

同時兩人面前跳出視窗，顯示系統訊息。

第八階地區提早開放的，便是這些能幫助玩家探索水中世界的潛水衣。在這一階要做的，是配合前次活動獲得的道具到更深處進行探索，取得沉睡於水底的裝備。

「感覺是要用力潛水找可以強化潛水衣的零件，到更深的地方找稀有裝備耶。強化到一定程度以後，好像就能用公會基地的樓梯了。」

「喔喔……水這麼深，底下應該有很多東西吧！」

「說不定有沉船寶藏喔？要徹底搜刮一遍了！」

這些被水侵蝕的建築，宛若古文明的遺跡。裡頭或許真的像莎莉說的那樣，有許多寶藏等待玩家發掘。這裡類似以鳥居分區的第四階，需要花時間解放新要素，動作是愈快愈好。

「那我們趕快買來穿吧！」

「嗯，買吧。然後找地方試一下。」

「沒問題～！」

梅普露和莎莉各自挑了一件潛水衣後，馬上就前往幾乎無處可站，整片都淹滿水的地區。

莎莉用小船載著梅普露划向野外。第八階機制近似第四階，不升級剛才買的潛水衣就無法到處探索。潛水衣的說明文表示，下潛超過負荷深度會使得活動時間急劇減少，要先在到處散布的淺水區搜刮材料，往更深處邁進。

「真的是海的感覺耶。」

「嗯。沒有地面就不會有怪物走來走去，探索起來會跟以前很不一樣喔。」

「我不太會游泳……要多努力蒐集道具才行呢。」

潛水衣和前次活動中獲得的水下探索用道具僅止於輔助，沒有【游泳】和【潛水】技能的梅普露與都有的莎莉相比，不僅潛水時間短，機動性也非常差。有必要好好湊齊道具，延長活動時間。

由於水底下的狀況並不明朗，兩人沒有距離城鎮太遠，來到能用起始潛水衣探索的區域。

莎莉停下小船，穿上潛水衣。潛水衣不是裝備，單純是改變平時的藍色外觀而已，平時的藍衣變成了現實的潛水衣那樣。這套潛水衣增加了水中活動的機動性，對活動時間並無太多提升，適合動作迅速的莎莉。

「外觀變了……嗯，裝備還是跟原來一樣。」

「這好像是第一次耶！之前都是要真的換衣服……」

「既然進野外需要穿潛水衣，裝備技能和能力值這些跟平常不一樣就頭痛了。如果以後有更多這種裝備，說不定可以運用在戰術上喔……」

若能改變梅普露一身黑的外觀，或許能運用出乎對手預料的招式。現在潛水衣只能在第八階使用，只好將期許放在未來了。

總之當前目標是探索，梅普露也換上潛水衣。她這套像太空衣一樣將全身包得密不透風，只有面部透明，可看見她的表情。

功能也和莎莉的不同，加長活動時間，起始活動力卻相當差。也就是直接放棄快速移動，打算在水裡慢慢走。

「喔喔～這套看起來很能找喔！」

「是喔？」

「嗯，可以潛很久的樣子。」

「好～那就趕快來看看可以潛多久吧！」

「好啊，數到三一起跳。」

「嗯！」

兩人配合時間跳進水中，濺起水花，大把泡沫流過眼前。當視線恢復清晰，布展在她們面前的是清澈的藍色世界，和堪稱水下遺跡，破敗古老的建築群。有許多並非怪物的小魚在周圍游動的同時，各種隨波搖曳的水草中也潛藏著怪物忽隱忽現的身影。沒有要攻過來的跡象，但還是小心點好。

「怎麼樣，梅普露？」

「哇！莎莉？」

兩人雖在水中，莎莉的聲音仍自然又清晰。其實第八階的潛水衣本來就有這樣的特殊功能，只是梅普露沒看仔細罷了。

「因為第八階整個都是水，為了方便玩家在水裡探索時溝通才這樣設計的吧。」

「咦～原來是這樣啊……感覺好奇妙喔。」

「那我們就一邊注意活動時間，一邊慢慢探索吧。因為現在和之前不一樣，不太好活動。」

儘管聲音清楚，水底依然是水底，只能以游泳方式前進。

「至少這邊的怪物要我們動手才會開始攻擊的樣子，先進房子裡看看吧。」

「嗯！」

難以立刻上浮的位置，就該趁時間充裕時早點進去。梅普露就此在莎莉帶領下，往沉入水中的建築物前進。原本門窗的地方都變成空洞，可以輕易出入，兩人很快就鑽進去探索了。

房裡已經沒有家具，倒是有不少水草、棲息其中的小魚和巨大的硨磲貝。

「有像是寶箱的東西嗎？」

「這裡離水面沒幾公尺，好東西應該沒這麼快吧。」

「喔喔～真期待！」

「所以我們才要蒐集潛水衣的強化材料……」

兩人繼續撥開水草尋找可能的物品。

「莎莉，這邊有樓梯喔！」

「幸好是往下。從外觀上看起來，有危險的時候也能找窗戶什麼的跳出去呢。」

由於遺跡整體像是下沉當中不停往上擴建，階梯和門窗的位置也和一般屋宅略有不同。無論是哪一層，水淹起來以後就等同於一樓，出入口和階梯較一般多即是源自於此。

兩人目前所在的應是最近沒入水下的階層，底下的房間多得是。

「嗯！有怪物跑出來也不怕！」

「……千萬不能用毒來打喔？搞不好會在水裡擴散。」

「唔、嗯！我會注意。」

要是毒液像打倒第二次活動的巨大烏賊那時散得到處都是就慘了。別說怪物和部分玩家，就連莎莉都可能一起毒死。毒液一噴出就無法收回，很可能會一發不可收拾。

要用就用即刻見效，又不怕污染環境的【麻痺尖嘯】等招式。

只要注意這點就不會有大問題，兩人繼續潛入深處尋找可能是強化材料的物品。初階潛水衣也提供了足以搜索整棟建築物的時間，往下找了幾樓後，終於在水草裡發現閃亮亮的物體。不是因為發光而閃亮，而是周圍有非常明顯的特效。

「莎莉，有東西喔！」

游不快的梅普露幾乎是用走的過去，撥開長長的水草，發現散發藍光的球體與螺絲螺拴等機械零件。

「這些像是材料……那這是什麼？」
「可能都是材料吧？妳想想，上一次活動不也是會掉水球。」
莎莉將所得讓給梅普露，一起查看它們是什麼道具。
「喔，真的全都是材料耶。」
「其他的是不是都有這麼明顯的光啊？」
「應該是吧？雖然不曉得實際上怎樣，但它們不像是碰巧發光而已，好像很好找的樣子。」
如果短短幾分鐘就要上浮一次，第八階探索起來會非常耗時，所以潛水衣具有連梅普露用起來也足夠充裕的活動時間與水下活動力。在原本就不適合水下探索，有不少影響的情況下還能這麼快就找到材料，梅普露十分高興。若能提升潛水衣性能，影響就會相對降低了。
「看樣子時間還夠再找一組喔！」
「那我們再找一下吧。小心不要溺死喔？」
「嗯。第八階說不定最怕就是這個。」
打怪時很可能一回神才發現已經是溺水狀態而功敗垂成。這麼說來，無論岩漿也好水底也好，梅普露最大的敵人果真是地形沒錯。

當梅普露和莎莉在水中探索時，伊茲和霞也在前往另一處的路上。【大楓樹】成員中【游泳】和【潛水】等級最高的無疑是莎莉，而第二名其實是伊茲。這樣分組是因為霞也擁有這兩項技能，能以相近的步調進行探索。剩下的克羅姆、奏和結衣、麻衣則是四人一組。第八階野外環境與過去全然不同，某些平時少用的技能如今變得特別重要。

總是積極蒐集材料的伊茲，挑選的是可供長時間探索的潛水衣，霞則和莎莉一樣選擇機動力高的款式。

兩人乘坐小船來到放眼盡是無垠水面的區域，而伊茲特製的船可不需要用手來划。

「……這是……有裝引擎嗎？」

「實際上不是那樣，但差不多啦。之前幾乎沒地方能用，幸好有做一個起來放。」

這艘高激水花狂飆的交通工具外表與小船相近，不過稱作水上摩托車或許更合適。

「可惜ＤＥＸ夠才能開，不能給梅普露跟結衣和麻衣她們用。」

「第八階地區也很大，如果大家都能用，事情就輕鬆多了。只能說天底下沒這麼好的事。」

「我就先自己努力找材料吧。這樣就能幫其他人提升效率了。」

伊茲能取得的材料比別人多，所以打算一開始就全力蒐集材料，用來強化其他公會成員的潛水衣。

「那真是太好了。」

「你們也要從深處多撈一點寶藏上來喔，看你們的了。」

深處的怪物攻擊性恐怕不會像淺水區的怪物那麼低。可能前期是以蒐集材料為重，漸漸變成以戰鬥為重。

屆時多半會有不少伊茲難以獨行的區域。儘管她也有戰鬥能力，基本上仍是工匠。

伊茲飆了水上摩托車一陣子後停了下來。

淺水區主要是位在城鎮近郊，更遠的野外也有零星散布。目前沒必要特地跑到這麼遠的地方來探索，所以目前兩人所在位置一個人也沒有。

「到這裡就能慢慢探索了。材料應該是隨我們拿吧。」

「好，蒐集交給妳，我來幫妳清怪。離城鎮愈遠就愈強嘛。」

霞沒有採集類技能，還是讓伊茲來採比較有效率，這次當保鏢就好。

「那我們趕快下去！」

「好，沒問題。」

兩人穿上潛水衣就從水上摩托車跳進水裡，然後很快就明白遠離城鎮的淺水區是怎麼回事。

「這樣啊……原來是這種狀況。」

「這裡原本是山丘呢。」

水面下是一大片傾斜的岩地，稍微突出水面的落腳處，其實原本是山頂。

「仔細找看看，說不定會有山洞之類的喔。」

「對呀，有地城也不奇怪。但話說回來……也要潛得夠深才會有吧。」

目前，在將潛水衣強化到合適等級之前，再怎麼想探索也會處處碰壁。

「還是很值得期待啦！等不及聽大家的好消息了。」

如同這個位置原本是山丘，其他也會有原本是平地或一開始就在水下的地區。這片漫無邊際的水面下，沉眠著許多不為人知的地城。

「沒人去過的地方，聽起來就讓人很興奮對不對？」

「想搶頭香的話，就只能腳踏實地強化潛水衣了呢。」

「對呀，那還用說。啊，馬上就看到好像有礦石的地點了。」

伊茲掏出鶴嘴鋤並指給霞看，光說話是採不了礦的。山坡上有好幾個礦點，有些地方還像梅普露她們發現的那樣發著光。

「周圍的怪物我來殺，妳專心挖礦就好。」

「太好了，那就聽妳的嘍。」

當伊茲游近礦點，周圍的大型魚類忽然同時轉頭。

「【武者之臂】。」

霞發動技能，握持巨刀的兩條大手顯現於左右兩側。接著猛一加速，貼上伊茲並發動技能揮刀。

「【血刀】。」

能同時攻擊複數目標的這個技能將刀化為液狀，一口氣橫掃出去。

「很好，在水裡也能用。」

血刀沒有像梅普露的毒液那樣在水裡擴散，畫出霞心中所想的軌跡，一刀斷開圍上來的魚群。只要能隨心所欲攻擊，甚至能利用在水裡才辦得到的動作。

霞原地往上游，再急停往下揮掃化為長鞭的液體刀。持續占據高處，就能避免怪物從死角接近。她就這麼維持著在地面只有短短一瞬間的地利，單方面清掃衝過來的魚群。

「其實不需要【武者之臂】吧。」

霞確定魚群接連消滅，四周恢復安寧後返回伊茲身邊。

「謝啦，霞。水裡應該也能用炸彈，不過威力會弱很多吧。」

伊茲的爆發性攻擊是以炸彈為主。在炸彈變弱的環境下，最好是少戰鬥為妙。

「儘管放心吧，我是不會輸給離水面這麼近的怪物才對。」

「真可靠。」

伊茲說完繼續用鶴嘴鋤敲打礦點，敲出的除了礦石外，還得到了強化潛水衣用的零件和稀有材料。而這些東西當然都受到了增量技能的影響，效率甚至比探索發光地點還高。

「好厲害……不愧是專家呢。」

「包在我身上。看我把你們的份都湊起來！」

能夠說到做到，是因為伊茲花了大把時間在提升採集與製作等技能的等級上。

「我先來適應水裡的動作吧。」

「就先這樣吧。大動作和地面上完全不一樣呢。」

水中戰的難點，即是敵人能夠從三六〇度快速變換各種方向進行攻擊。剛才都是直衝倒還好，相信要不了多久，怪物就會懂得用技能了。有需要提早掌握戰鬥訣竅。

「我們兩個都還能在水裡待很久，就在深度極限附近繞一繞吧。」

「也好，說不定很快就會有大發現喔。」

就這樣，兩人決定在曾為山丘的地區繼續採集一陣子。

其餘四人不知伊茲那邊有水上摩托車那麼方便的交通工具，和梅普露她們一樣在城鎮附近探索，不過目標不是水底建築，而是連接大片沙灘的地區。這裡和伊茲的去處一樣，有深不見底的斜坡，比較像是蓋了一層沙的山坡。

「好，這裡就不怕被偷襲了吧。」

「就是啊。雖然空曠的地方怪物多，可是看得見的話比較好反應。」

這隊伍裡有被打一下就會死的結衣和麻衣在，四個人又都不擅長游泳，相當不適合水中探索，所以來容易生存的地形慢慢打。

「這裡也能用妳們說的安全打法，那我們趕快下水吧！」

「「好！」」

如今加強機動力無非是無濟於事，所以四個人選的都是加長活動時間的潛水衣。他們一邊執行結衣和麻衣提出的安全打法，一邊潛入水中。

「……太好了，還擔心弄出漩渦來怎麼辦呢。」

「好像沒有這種設定的樣子，不然在水裡連武器都不能揮了。」

結衣和麻衣的點子，即是她們最近穿越野外時常用的打法——藉由在身體周圍轉動「拯救之手」外加的六把巨鎚，自動粉碎接近的怪物。

這招對玩家沒用，但是對只會橫衝直撞的怪物極為有效。克羅姆心中暗想，原來討論區上講的「兩坨一黑一白的東西」就是這麼回事。

「要稍微分開一點，不然撞到就糟了。」

「嗯，雖然不會打死自己人，可是一樣會被彈開喔。」

不會受傷但會擊飛得很遠是確認過的事。先前莎莉曾用這個機制將梅普露當砲彈用，換作結衣和麻衣，結果恐怕是完全不一樣。

總之，這樣可以確保四人安全無虞。如果有怪物可能活過這一關，克羅姆和奏會負責處理，就算有個萬一也能放心。

「我們也來挖吧……小心不要跑出衝鋒掩護的範圍喔～」

「「好，知道了！」」

結衣和麻衣轉動巨鎚，一路跑到搆得到零件的位置。克羅姆和奏也注意著不撞上她們，蒐集周圍的材料。

「這次好像不太可能直接跑到地城裡，要加快蒐集動作才行。」

「先囤積就對了吧。這樣一步一腳印也不錯。」

「嗯，就是這種感覺。」

克羅姆的裝備可說是一步一腳印的成果，能夠了解奏的想法。事實上，這樣找零件也讓克羅姆樂在其中。

「不過之前都沒有水下探索的經驗，好像要花一段時間才會習慣耶。」

「我們也要多學學她們才行呢。」

奏回話之餘，視線另一端是踩著地面下水，使路上怪物全部遭殃的結衣和麻衣。

「不是，她們那樣不太能算是習慣吧……」

「說得也對。」

「下次活動如果還沒開第九階，說不定需要打水中戰，還是先把【游泳】練起來好了……」

「可能很有需要喔。只要在第八階待久了，技能自然就練上來了吧。」

「說得也是。」

兩人邊聊邊撿材料，途中聽見結衣和麻衣的呼喊：

「克羅姆大哥～！我想再前進一點！」

「這附近都撿完了……」

「好，沒問題！我會顧好妳們的。」

「「謝謝克羅姆大哥！」」

克羅姆就這麼保持一定距離，跟隨著已經成長到令人很懷疑究竟需不需要保護的兩人移動。

◆□◆□◆□◆□◆

各自探索的三組人馬蒐集得差不多後，約好一起回到公會基地報告狀況。

距離最近的梅普露和莎莉最先到達，與後來的克羅姆幾個檢視成果。

「我們找到很多喔！水裡的房子大概每間至少都有一個零件的感覺！」

「這樣啊。我們這裡是散落在沙灘上，找起來也滿簡單的。缺點就是競爭比較激烈吧。」

由於這階和第四階同屬階段性開放，這次只憑一己之力蒐集不容易進入下一段深度，所以需要像克羅姆說的那樣腳踏實地地蒐集。

當眾人聊到這裡，伊茲和霞終於搭乘明顯格格不入的船型水上摩托車來到公會基地前。

「哎呀，我們最慢喔？」

「已、已經飆得很快了呢。」

「……窗外那個是啥？」

「當然是小船啊。」

「妳又做出怪東西了……」

「想坐的話，克羅姆你的ＤＥＸ可能不太夠喔。」

「才不要咧，很容易翻的樣子。」

「好啦，閒聊就到這裡……我們也蒐集到很多零件喔！」

「是啊，真的很多。」

伊茲秀出來的零件量，甚至超過了其他成員的總和。

「喔喔～！不愧是伊茲姊！」

「好厲害喔……這麼快就能蒐集那麼多……」

「因為我們到很遠的地方去找，沒人跟我們搶嘛。還有就是，看來真的是離城鎮愈遠就愈多喔。」

離城鎮遠，不僅移動時間長，怪物也會變強，報酬率高也是當然的吧。

「遠處的淺水區啊……」

「那些淺水區其實是山啦。」

「原本的地面恐怕是在很深很深的地方。我們現在的深度，只能說是山頂而已。」

「把寶藏也當作放在最底下比較穩吧。」

「照今天這樣來看，再一起蒐集幾次就能強化一件潛水衣，這樣就可以到更深的地方去。」

潛水衣能強化的東西有很多，可以提升能力值，可以加長活動時間，也可以提升深度。若集合所有人的材料集中強化深度，應該是能往下一段深度邁進。

「都在淺水區找零件也可以啦，只是還是會想早點往下看看吧？」

「這個嘛，是沒錯。」

這麼一來，資源要集中給誰呢。所有人都心中有數，一起往那人瞄。

「這是……要給我嗎？」

「嗯！我也覺得要給就給莎莉～」

含提議的伊茲在內，其他人也都和梅普露同樣想法，沒有任何異議。

「妳水下探索能力高，單打能力也強，就妳最適合吧。」

「……那好吧。既然大家要把材料先給我，我就把你們的份一起探索回來。」

既然莎莉沒問題，【大楓樹】的方針可說是訂妥了。如果先前往更深處的莎莉能帶更多零件回來，對公會整體都有益。好東西總是藏在危險的地方。

「嘿嘿嘿。責任重大喔，莎莉。」

「看我的，我一定把成果帶回來。」

「好想早點看看基地樓下長什麼樣喔。」

「就是啊，好像要強化潛水衣以後才能下去耶。」

「基地有地方不能進的還是第一次呢！」

「到底會有什麼呢……？」

儘管第八階攻略才剛開始，不曉得的事情多得是，梅普露等人仍為盡快取得不知是圓是扁的寶藏卯起來蒐集材料。

過了幾天，事情如伊茲所料，湊足了能供莎莉往更深處探索的材料。莎莉也按照原訂計畫強化潛水衣，火速前往基地一隅。

「那我下去看一下。這裡還算是城鎮，應該不會有怪物吧。」

但畢竟是前所未有的狀況，小心駛得萬年船。

莎莉深吸一口氣，走下伸進水裡的階梯。底下是與蒐集材料時相同風格的房間，好幾間連在一起。

她一手拿著匕首，小心翼翼地前進，在其中一個房間發現一座石架和擺在架上的石板。

「書？……紙會泡爛，所以用石板嗎？」

石板也有新舊之分，刻的是水面開始上升時的狀況，水來自哪裡，以及這一階的背景。

「這個水源地很可能是地城喔。那這個……是符號？」

架上還有幾片只刻上幾排不明符號的石板，莎莉目前無從解讀，只能根據這幾個房間提供的陳年資訊鎖定幾個可能會有進一步線索的位置。

「總之就這樣了吧？再往下……現在還不能去。」

莎莉試著往幾個往下的樓梯口，都收到禁止進入的訊息，只好折返。基地下方似乎會隨可探索深度開放提示。第八階不同以往，難以盲目探索，所以官方也準備了提示。

位在城鎮中的基地下方果真沒有怪物，莎莉就此平安返回一般地區。

「怎麼樣啊，莎莉？」

「底下有很多用來當書的石板，記錄了地城的提示。有的只有幾串符號，現在還看不懂，說不定是地圖之類的。」

「原來如此。就是要我們解讀提示，往正確位置下潛吧。」

「位置深的地城不走最短路線的話，搞不好會撐不住喔。」

「所以，我先把照片分給你們。」

莎莉將底下拍的照片傳給其餘七人，並講述自己接下來的打算。

「如果我猜得沒錯，下一段深度會有跟地城或稀有道具有關的事件。我會一邊蒐集零件，一邊看看還有什麼。」

「知道了！小心喔，莎莉。」

「嗯。情況不對我就馬上撤退，水裡真的比較難打。」

再多等幾天，就能和公會成員一起探索了。要是有危險，還是八人一起上最穩，一般魔王是跟本沒轍才對。

「希望下一段會出比較多零件。」

「會的話再來就是幫伊茲強化吧，這樣效率應該會更快。」

有莎莉當保鏢，伊茲就能安心作第二棒了。相信真正的探索，要等所有人的潛水衣都強化完才真正開始。想到達從前的地面，還久得很呢。

「那我除了蒐集零件以外，有空也去城裡走走好了。注意力都集中在水裡也不太好。有發現我會馬上通知你們，我一個人打起來也不太放心。」

「是嗎？肯用魔導書的話應該……」

「呵呵，我還想繼續存嘛。總之，有可能找也是白找，不要太期待喔。」

雖這麼說，奏也似乎有他的用意，不是單純去散步的樣子。他不太可能會做完全沒意義的事。

接下來就是各自蒐集基本零件，以稀有道具和技能為目標依序往更深處探索了。

◆□◆□◆□◆□◆

官方人員再度確認這個氣氛與過去截然不同，整個泡水的階層是否正常運作後稍作喘息。

「哎呀～很好很好。」

「不曉得玩家現在都是怎麼探索。」

「嗯……照我們預設的那樣就好了。」

「……以前都沒有這樣吧？」

「要這樣說也對啦……」

「而且這次還在很多地方放了寫說有寶藏的單發事件喔？」

第八階地區是讓玩家往遠在水面下的古老地面探索，挑戰各種任務與地城的階層。由於絕大部分位於水中，為了讓玩家感受到在廣大野外偶遇事件的尋寶感，官方零星設置了許多事件。運氣不好或看不懂提示的人，恐怕會反覆上浮好幾趟都沒有收穫。

「還放了很不得了的東西呢……」

「怕、怕什麼，還不知道會不會被找到呢……如果跟先前找到的搭配得好，會一下子變得很強喔。」

機會是人人平等，只看誰會遇到好技能或好道具而已。

「就是啊～大型公會動作畢竟是比較快，應該會找到很多東西吧。」

「人手夠多嘛。派愈多人去搜一個區域，找到東西的機會也會愈高……」

「理論上……是這樣沒錯。」

不管怎麼想，心裡就是會冒出某個不在此限的集團。這也是沒辦法的事。

「她為～什麼都遇得到呢。」

「大概是電波對到了吧。」

「根本是稀有技能博覽會……」

「【大楓樹】會找出什麼寶藏呢，能請他們手下留情嗎？」

才剛說出這種一廂情願的話，現實就抹上他們的臉。

「不要忘了，她已經有上次活動偷跑的第八階怪物掉的那個嘍！」

「不管是掉落率還是遭遇率低，她都當沒事一樣說撿就撿呢。」

「只能說是運氣超好了，要是她也把第八階的稀有掉落物蒐集起來……」

「不會有這種事！太扯了。」

「可是一、兩個的話……」

現實如他們所說，可稱作寶藏的稀有事件、技能和道具就散布在第八階地區裡，而且比過去的階層更顯眼。一想到梅普露在過去階層都能像磁鐵一樣到處遭遇各種稀有物中的稀有物，擔心尋完寶之後會發生天變地異也是在所難免。

「也不限於梅普露啦，寶藏都是找得到就找給我看的感覺嘛！雖然有潛水衣，每個玩家都不太熟悉水下環境吧，還要過一陣子才能真正開始尋寶。」

「藏得很仔細的也不少，有放提示就是了。」

「能有尋寶的感覺，玩得開心就好了啦。」

「我們就懷抱期待看下去。」

「對呀，就讓我們看看玩家的探索力吧。」

就這樣，官方人員期盼眾玩家能邂逅各式各樣的事件之餘，也作壁上觀地觀察玩家們探索水下世界的狀況。

第二章　防禦特化與新能力

莎莉獲得所有公會成員的零件而能夠潛得更深之後，划小船來到她選中的地點。

「能騎水上摩托車的話，就請伊茲做一輛好了。」

小船移動的速度比第七階騎馬慢得多，莎莉實在很希望能多少加快點速度。和梅普露慢慢探索時這樣是無所謂，但講求效率時，水上摩托車優勢高得多。假如ＤＥＸ有達到伊茲說的門檻，不換對不起自己。

「下次見面再說吧。」

總之目的地就快到了。莎莉先將水上摩托車留待下次探索時再說，穿上潛水衣跳進水中。水下岩山連綿，從前的山脊往四面八方展開，簡直就像從空中鳥瞰山脈一樣。

「哇，規模比想像中大好多……應該就在這裡的某個地方吧。」

根據公會基地地下的地圖標出的位置就是這裡沒錯。實際見過當地情況後，莎莉也覺得這樣的地形肯定有藏東西。

「好，在這看也沒用，先下去再說。」

莎莉從上方觀察過一遍，踢水潛向更深處。水面附近沒有怪物，隨著貼近山體，影

子一個個冒出來。

「這裡好像都主動怪耶！」

有幾隻鯊魚往莎莉衝來。她在第九次活動時與造型類似的鯊魚交手過無數次，不過都是在地面上，莎莉可說是在有利環境下戰鬥。這次狀況相反，即使是似曾相識的對手也不能大意。與梅普露安全探索時，她已經檢查過各技能在水中的手感差異。例如【冰柱】一定是從地面升起，在遠到看不見地面的這個位置無法使用。

但話說回來，莎莉並不是強在技能厲害，且水中戰也還算拿手。只要懂得注意活動時限，基本上沒有問題。

「喝！呀！」

莎莉閃過顏色稍有改變以利玩家辨識的噴水攻擊，與鯊魚錯身時補上一刀。經過【劍舞】增加攻擊力，再以【追刃】、【火童子】、【水纏】增傷的匕首，普通攻擊也具有穿上這身裝備前的水中戰所無法比擬的破壞力。

「屬性上沒有多少優勢，不過還滿痛的！」

因遊戲設定，火焰在水裡難以發揮，水對能操縱水的怪物也不太有效。效果仍比想像中高，主要是【劍舞】的攻擊力強化已經提升到最高的緣故。條件高的技能，提升值也異常厲害。

莎莉穿梭在鯊魚之間，將牠們一一撂倒。若只會噴水，在水裡也算不上威脅，當初掉獨特裝備的地城魔王還強得多了。

「這下就……結束了！」

一個蹬水加速，莎莉斬殺了最後一隻鯊魚並於水中靜止。

「用【操水術】在水裡移動，比想像中還順很多耶。」

她和梅普露她們不同，【游泳】和【潛水】都是滿級，再加上伊茲的水下活動輔助道具和第八階專用的潛水衣，水下活動的時限已經和剛取得獨特裝備時完全不同，幾乎跟沒有一樣。

莎莉算準只要直線往上游就不會淹死，趁周圍小怪還沒復活，一口氣往山坡下潛。

「嘿、咻。呼……現在……」

原本為山壁的坡上完全沒有任何動植物，沒有遭森林掩蓋而看不見的問題。再加上能以游泳方式在平時算是空中的位置移動，走最短路徑探索很快就成為常態。

「希望能找到地城之類的。」

莎莉繼續沿著山壁往更深處下潛。

莎莉仔細地探索，唯恐漏看被岩石遮蔽的洞穴。潛水衣強化得快，有進階深度的地點又不只這裡，周圍完全沒有其他玩家，必須獨力尋找可能有事件的地點。

在公會基地底下發現的符號只是將位置縮限在這個海底山脈地區，沒有進一步詳細

位置。幸虧莎莉的能力足以讓她不用反覆上浮，效率非常好，然而範圍實在太大了。

「真的都是石頭耶，這樣看得出來嗎。」

一面打倒礙事的怪物，一面在山間游動，總算在山腰處發現一道深深的裂口。謹慎地接近裂口一看，發現它一直往內延伸，說不定會通往符號的位置。

「好，先浮上去一次……」

莎莉沒有急於進入裂口，直線返回水面讓活動時間復原，要以萬全狀態挑戰未知。

「好，試試看能不能一次破關吧。有沒有差就不知道了。」

目前周圍沒有玩家，假如裂口裡真是地城，她很可能會成為第一個拓荒者。沒錯，她想拿第二套獨特裝備。

一大口深呼吸後，莎莉把握時間一口氣往裂口快速下潛。雖然裂口離水面很遠，但為了方便玩家探索，水下仍有一定亮度，裂口裡視線依然清晰。

莎莉就像被兩側岩壁夾住般不斷深入。水很清澈，前方跟外頭不同，沒有怪物的蹤影。只要眼睛睜大一點，應該不難發現可疑之處。

「……真的有耶，還很多。」

最先發現的是開在岩壁上的無數洞穴。直覺告訴她，其中有一個是通往真正的寶藏，而路上肯定會有怪物，便提高警覺查看狀況。

「會是魚窩嗎？」

莎莉拔出匕首以防突襲，一個洞一個洞地鑽。幸好是白擔心，洞裡絲毫沒有怪物的動靜。有的洞頗深，有的洞很快就到底，有窄有寬各式各樣，到底就折回去鑽下一個洞。

既然沒有怪物，事情就好辦了。莎莉加快速度鑽了又鑽，尋找蛛絲馬跡。一段時間後，她見到某個洞深處有像是藍光的東西直線接近，便迅速踢水離開洞口，幾秒後類似鯊魚噴水的藍色團塊噴了出來。

「什麼嘛，這麼好認。」

與明顯不同以往的反應，讓莎莉認為肯定是這裡沒錯，再次小心查看洞穴深處。

「不是怪物……的樣子？還是往裡面跑了？」

水依然透澈的洞穴彼端沒有任何動靜，但肯定存在著某種具有敵意的東西。莎莉將朧的【神隱】列入考量，決定往洞裡前進。

究竟是其他東西，或者又是鯊魚呢。莎莉一面注意有無動靜一面游，最後有個意外的發現。

「這什麼……機器？靠魔法運作的東西？」

那是個稍微突出岩壁，散發微弱藍光的槍形物體，像是驅逐入侵者用的陷阱，槍口狀的部分有看似擊發過的痕跡，剛才的光球很可能就是來自於此。

「……說不定裡面有很不得了的東西喔。既然有潛水衣……不過這個拿不回去的樣

子，可惜。」

莎莉猜想，沉沒於水底的或許不只是金銀財寶而已。第八階的城市是在過去的城市頂上一層層往上蓋，底下有古代產物也不奇怪。

這讓她一下子雀躍起來，更往洞穴深處前進。不久深處再度出現藍光，這次有好幾顆光彈往她射來。但不僅有空間閃躲，又很早就能知道有攻擊要來，現在的莎莉可不會被那種東西擊中，在水中也不例外。

調整好姿勢後，莎莉迅速扭身閃避光彈。但狀況與料想不同，之前水裡的怪物還是沒有出現。閃躲光彈之餘，她戒備著其他攻擊並繼續向前，最後窄道狀的洞穴連到一個大空間，讓莎莉確定這是已經遇過好幾次的蟻窩狀地城。

「……這是廢鐵嗎？」

完全淹滿水的空間中，有大量破爛的機械零件在底部堆成了山。雖有些潛水衣用的材料摻雜其中，但基本上都是不能拾取的造型物件。

莎莉看水中活動時間還很充裕，仔細翻開鏽跡斑斑的廢料，盡可能帶走所有能拿的材料甚至裝備才往下一條通道游。

這個應為蟻窩狀的空間似乎是倉庫或垃圾場這類用來堆放人造物的地方，還有些仍在運作的機械會隨莎莉的動作反應而射出光彈。莎莉心想它們或許就是這裡沒有怪物的原因，並找機會撿拾潛水衣零件。深度果然沒有平白升高，一次蒐集的零件量相當多，截至目前就算值回票價了。當下沒有怪物施壓，光彈也不密集，對不需要太在意活動時間的莎莉而言是游刃有餘。

然而這裡畢竟是地城。若發現魔王門就得集中心神，挑戰一次通關。

這才是莎莉的目的。真正需要的是新技能和新裝備，她可不光是來這裡悠悠哉哉拾荒的。

「希望期待不會落空……！」

莎莉祈禱著魔王房真的存在，一邊閃避飛來飛去的光彈，同時游向最深處。

愈往深處游，水底堆積的廢棄機械就愈多，攻擊也愈密集。

莎莉紮實地全部躲開，途中遇上某種不同於光彈，在水裡慢慢飄浮的淡光。她警戒地接近不明物體，只見淡光慢慢變成大魚的形狀，朝她快速衝來。

「【風刃術】！」

她立刻以魔法進行牽制，但風刃直接穿過那以光構成的透明物體，只好臨時嘗試閃避。才一躲開，魚就馬上掉頭，這次莎莉趁錯身時補刀，但完全沒有砍中的感覺，匕首只是劃過了水，當然也沒有傷害特效。

若是HP或防禦力有一定水準的玩家，可以藉承受攻擊來檢驗那是不是怪物，但莎莉不能那麼做。在反覆的衝撞與閃躲中思考該如何處理後，莎莉得出一個結論。

「只能一直躲到找到方法為止嗎……」

至少目前狀況停留在躲得了的層級，莎莉將尋找破解法也納入目標，帶著魚向前進。比起第八階其他怪物，這光魚的行動相當單純，只會衝撞而已，彷彿是設計來給玩家閃避的。

事實上，即使沒有莎莉這樣的迴避力，能進入這裡的玩家應該都有辦法應付這樣的攻擊。

「看樣子，這裡的魔王也會很特別喔。」

莎莉邊躲邊游。不是停下來躲，而是在前進當中以最少動作閃避，所以幾乎沒有損失時間，當它不存在一樣。

至於能在閃躲光彈的同時避開魚的衝撞，就是莎莉的工夫所在了。

這洞穴配置頗為特殊，只有自動攻擊的陷阱和傷害不了的光魚，比較不像是地城，而是用來存放沉水廢棄物的地方。愈往前進，就愈覺得這裡恐怕沒有魔王。

「哇，變多了……」

仍不停攻擊的虛體光魚原來不只那一條，第二條在莎莉面前形成，四處游動起來。

「既然會變多，就表示應該能解除了！」

怪物總不會永遠跟著玩家，十之八九有機關可以解除，只是不知道怎麼解罷了。在不知道的事情上糾結也沒用，只好繼續閃躲攻擊。莎莉以加速與減速輕鬆迴避光魚的直線衝撞，並利用水中環境上下自由迴避的模樣，甚至比光魚更像魚。

莎莉就這麼反覆升升降降，查看堆積在寬廣空間底部的廢鐵，和先前一樣尋找潛水衣零件的同時，調查擺脫光魚的方法，但還是一無所獲。

「ＯＫ～沒辦法了。」

既然這樣，只能做好躲到最後的打算。莎莉猛一蹬水，加速向前衝。

一段時間後，莎莉變成拖著大量的魚在洞裡到處游。魚多到跟小魚群一樣還死跟著不放，這樣根本無法慢慢調查。

「都不曉得有幾隻了啦……！」

她原本想趁數量少時找出擺脫的方法，但一點跡象也沒有。雖然強化水中機動力的潛水衣讓她能夠躲到現在，但也只是憑她的能力才做得到而已。

人的專注力有限，這樣的狀況對莎莉而言並不樂觀。再加上光魚的攻擊無法以匕首架開，閃躲的方式也很有限，使難度大幅增加。

「製造出空間了，就是現在！」

在寬廣空間中包圍她的虛體魚群攻擊時會造成縫隙，莎莉眼明手快地迅速鑽過並順勢衝向通道另一邊。通道很窄，停下來不可能躲開背後整群襲來的魚群。

高速游動中，莎莉又見到通道彼端有大量光彈射來。量多到跟背後魚群一樣能填滿

整個通道，只有發射間隔造成的少許空間能躲。儘管如此，莎莉仍綽綽有餘般毫不減速地衝進光彈之雨中。

「呼……！」

她將感官集中到周圍景物的流動感覺都變慢的地步，在不容分毫誤判的狀況下完美鑽過縫隙。彷彿是光彈自己躲開莎莉，一開始就故意不打中人一樣，幾十顆光彈全往背後流去。莎莉以再做一次常有的事的心態，躲過所有光彈穿過通道。總不能讓沒有意識的光彈奪去她第一次損血。

「好，過來了！」

突破通道後光彈也不再發射，視線中出現一道遠超過她身高的門扉。

緊追不捨的魚群也在這一刻消滅，水中恢復寂靜。眼前是表示前有魔王的門，也就是地城的最深處。

「時間……嗯，沒問題。」

查看剩餘的活動時間後，莎莉認為仍有進行魔王戰的餘裕，決定開門打王。

「我應該比第一次水中戰強很多了吧。」

不曉得會跑出什麼東西。莎莉先閉眼提升專注力，緩步向前開門查看。

門後是球形空間，整個淹滿了水，同樣堆積著大量用途不明的機械零件，唯獨不見看似魔王的身影。

「要進去才知道嗎……」

莎莉提防著偷襲進入房中，忽然間廢鐵山頂上一個歪斜的螢幕狀物體發出微弱光芒。在莎莉備戰的同時，路上見過的光彈發射裝置推開廢鐵伸了出來。

但那似乎不是魔王。只見房間中心發生強光並凝聚成形，當光線減弱，已經化為上半身是人，下半身是魚的男性人魚。見到他頭上的魔王血條，莎莉更是加強警戒。

「還能創造實體，這個防禦系統也太強了吧。」

來到這裡，重頭戲才剛要開始。為了新裝備等更重要的目的，莎莉說什麼都不能輸給他。

見到莎莉改變匕首握法，魔王也重新持矛畫一個圓，軌道上出現一隻隻虛體魚，廢鐵中的槍口也隨之發光。

猜到接下來會發生什麼事時，魚群與光彈像路上那樣一起朝莎莉襲來。

「我已經習慣了啦！」

莎莉迅速移動，躲避魚群與光彈。兩者速度雖快，卻都是往她原先的位置直線移動。在這麼大的空間裡，只要以足夠速度大幅移動，基本上是根本不用怕，有莎莉的身手就更不用說了。

真正非得注意不可的，是轉躲為攻的那一刻，以及魔王的動作。

這魔王八成也和其他魔王一樣有多種攻擊模式。時間還很充裕，重點是看清敵人的動作避開攻擊，尋找反擊的機會。

魔王在莎莉躲避交錯的攻擊並靜觀其變時又有動作，高舉長矛猛力一揮。莎莉看沒有召喚東西出來，覺得情況不對便踢水快速游開，某個東西緊接著掃過她圍巾尾端。

「水流？……一定要記住。」

沒錯，魔王操縱的是水流。持續時間不明，且能輕易吞噬一個人的粗大水流縱向掃過整個球形魔王房。當然，被它掃中難保不會出事，視覺上又不易辨認。在這個需要快速游動躲避光彈的情況下，只能死記它的位置了。

「【水纏】！」

莎莉在腦中描繪整個魔王房，藉更新每一次水流發生的位置來建構自己該走的路線，最後急速衝向魔王。

在水流會限制移動路線，且不知持續時間和次數的情況下，她不能照預定計畫慢慢觀察。

穿過交錯的光彈與不停衝撞的魚群後，莎莉以一把匕首架開魔王迎擊而刺出的長矛，順勢在他肩上猛砍一刀。地城中層出不窮的飛行物體，使【劍舞】輕易地將莎莉強化到極限。這一刀比外表重非常多，魔王血條明顯下降。

「總算讓我打出傷害了……吧！」

另一波水流追隨莎莉而來，被她扭身下潛閃過。接著見到又多了一批虛體光魚。

「不錯喔，開始有鬥志了！」

莎莉提高專注力，冷靜處理大批飛行物體的連續攻擊。

閃躲能力原本就十分高超的她，歷經百戰後又更為洗練。

躲開敵人使出的一切，飛竄於縫隙之間上前攻擊。

雖然同樣是打帶跑戰術，但造成的傷害和攻防進退都不是當初打倒水下魔王時能比。

「呼……嘿呀！」

莎莉躲開來自上下左右的攻擊，再砍魔王一刀。魔王的動作遲緩，長矛根本打不中莎莉。雖然物量與環境都對魔王有利，他卻是被壓制的一方。

儘管魔王的攻擊頻率會隨戰鬥時間增加，只要有足以容納一個人的縫隙，莎莉就一定鑽得過去。

不使用技能就能打出高傷害，使得破綻原本就少的莎莉更加完備。

在如此攻防戰當中，整個房間布起了網狀的水流。屬於魔王方的魚群與光彈不受影響，攻勢沒有片刻停歇。但在如此持續惡化的狀況下，莎莉的專注力依然沒有下降。

「再一次……！」

莎莉抓緊魔王攻擊的空隙一口氣穿過水流網孔，再度往盤據於中央的魔王殺去。她

徹底執行不用技能，將暴露給對手的破綻壓到最低的打法，使魔王的攻擊無法奏效，還不知反受多少次重創。

當魔王損血過半，莎莉重新拉開距離，戒備下一波攻勢。魔王變更攻擊模式的時候到了。

「……！」

果然沒錯，魔王動作出現變化。只見光線凝聚，具現為第二把長矛，還有光球在水流中流動。但事實很快就證明，光球使水流變得容易分辨並不全是好事。

光球在莎莉觀察途中飛出水流。莎莉後仰躲開，而攻勢沒有就此結束，光球飛進了另一條水流裡。

「又來一波討厭的了！」

流動的光球似乎會不定時射向莎莉。它們和設於牆上的槍所擊出的光彈不同，可說是會從各種位置發動攻擊的移動砲台。要躲開這種攻擊，恐怕會消耗不少心神。

不過莎莉卻因此感到自己強化對了方向而鬆了口氣。

只要躲得掉光球和那兩把長矛，戰法其實沒有多大變化，而莎莉有做得到的自信。

她再度踢水衝向魔王。在這個左右有光彈，前方有魚群，再加上新增攻擊的狀況下，她需要像穿針一樣鑽過它們的縫隙。

「嗯，我就知道會有一大片彈幕。」

莎莉暗自低語，為一口氣穿過魚群而動身。這需要分毫不容失誤的肢體精確度，可是對她而言，閃躲彈幕已經是與梅普露搭檔時常有的事。現在的她連來自背後的槍彈都躲得掉，不會犯下被正面攻擊擊中的低級失誤。

看起來微乎其微的縫隙，在莎莉眼中都是可以穩穩通過的安全路徑。

「來幾次都一樣。」

莎莉衝到魔王身前迅速煞車，以幾公分之差躲過掃來的雙矛，利用水所提供的立體機動力將刀刺入魔王胸口。

單純變成兩把的長矛，自然是沒機會擊中連彈幕都逮不到的對手。

現在莎莉有非登上不可的境地、非達成不可的戰力。為此將專注力提升至極的她，戰鬥起來比過去更令人束手無策。

直到血條扣光，她要像魔王一樣一次又一次地往目標直線前進。伴隨著更高的精度與更強大的殺傷力。

「把裝備和技能給我留下來！」

那蒼藍掠影穿過光雨般的彈幕一路逼至魔王面前，最後的一擊將其軀體一刀兩斷。

魔王化為光而消失的同時，水流與魚群也一起消失，槍座也不再射出光彈。莎莉放鬆力氣稍作休息，從高度專注狀態恢復正常，為戰鬥順利結束鬆一口氣。

水下活動時間依然充裕，於是她不慌不忙地查看四周，見到最先啟動的螢幕型機器再度發光。

所幸那沒有召喚出新的怪物，莎莉放下戒備，接著光線在螢幕前聚集成一個寶箱。

「喔～什麼都弄得出來耶，那就再來幾個吧……沒有嗎。」

莎莉上前敲兩下，又變成一片黑的螢幕再也沒有反應。這次房裡雖有魔王，但真凶或許是這台機器吧。

「開獎了，要有好東西喔！」

抓住蓋子一掀，裡頭果真有她要的東西。

首先是一把比現在的匕首還大一點的單刃短刀，然後是看似經過多年使用，有幾個口袋和腰帶的灰色兜帽風衣。接著是一條簡樸的頸環和堅韌的褲子。特徵是每個裝備都有部分發光，投射出黃色多邊形。表示它們和魔王一樣，都是那個螢幕的產物。

「內容怎麼樣呢？」

莎莉趕緊滿懷期待地查看裝備性能。

「虛構風衣」

【ＡＧＩ＋30】【ＤＥＸ＋25】【無法破壞】

技能【偽裝】

「無形之刃」

【STR＋50】【AGI＋20】【無法破壞】

技能【變換自如】

「虛體顯現裝置」

【DEX＋20】【INT＋30】【MP＋50】【無法破壞】

技能【立體投影】

「現實襯衣」

【AGI＋40】【STR＋30】【DEX＋20】【無法破壞】

技能【虛實反轉】

【偽裝】

改變技能、魔法或裝備的名稱或外觀。不會改變其實際效果與能力值。

【變換自如】

能自由改變武器種類。判定與相關技能仍以短刀為準。

【立體投影】

放出本技能使用前一定時間內出現過的技能或魔法，只限影像特效。

【虛實反轉】

從【立體投影】等不造成傷害的指定技能中選擇一項，使其生成物能夠造成傷害，但此外的攻擊將無法造成傷害。

效果持續十五秒，每三十分鐘能使用一次。

「喔喔～能力值加強好多。技能……好像很有意思。」

莎莉重新細看技能。這套裝備很有獨特裝備的樣，性能十分突出。都附有技能，卻難以一口認定它們對使用者會有即效性的強化。能直接造成傷害的只有【虛實反轉】，但冷卻時間很長，一場戰鬥中只有一次機會。而且從說明文來看，不造成傷害的輔助技能似乎不適用。

儘管如此，它仍有極高的潛力。能使用的技能變多代表什麼意思，看奏就知道了。

若運用得巧，甚至可以扭轉戰局。

「就看怎麼用了吧，要多試試看才行。」

不先設想幾個好組合，恐怕很難臨時用得漂亮。這畢竟跟梅普露那堆單純用出來就很強的技能不太一樣。

無論如何，拿到新裝備的莎莉當然想趕快試一試。

「那就從……武器開始吧。」

莎莉發動【變換自如】，短刀變成光的聚合體，轉瞬後實體化。原本手裡的短劍，已經變成與身高相近的槍了。

「原來如此……幫麻衣她們訓練那時練了其他武器，說不定會派上用場喔。」

她繼續將短刀改變成巨劍、斧頭、弓、盾等各種武器。每種武器長度皆不同，手感自然也不一樣，不過莎莉仍津津有味地不停變換手上武器。若能在戰鬥中任意改變武器類型且用得得心應手，將會是巨大的威脅。

要練的東西變多了，但莎莉將那視為一種樂趣。

「其他的就回公會基地再看吧，看別人怎麼想也滿重要的。」

於是莎莉暫且換回原本的獨特裝備，在氧氣耗盡之前離開地城返回水面。

到了公會基地，梅普露正好在拿材料給伊茲。

「啊，莎莉回來啦！妳到很深的地方去了吧，怎麼樣？」

「呵呵，大豐收。先來看零件喔。」

莎莉跟著交出於更深一級區域所獲得的零件。

「嗯嗯，果然有變多。我也要盡量讓大家都能下去才行。」

以一個人的採集量而言，效率明顯提升不少。這裡的確也和過去一樣，早點前進到更好的地方去是件很重要的事。

「地城裡有很多零件可以撿，找到就進去逛逛應該不吃虧。」

「知道了，我會再跟其他人說。」

「妳進地城啦？好玩嗎？」

「呵呵呵，我不是說大豐收了嗎？妳看喔……」

莎莉當場換裝，轉一圈給兩人看。

「喔喔～！感覺完全不一樣耶！好帥氣！」

「不錯喔，有附技能嗎？」

「對，說到重點了。我就是為了這個回來的，幸好有人在。梅普露，可以幫我一下嗎？」

「怎樣怎樣？」

莎莉表示自己需要人幫忙測試技能後，和梅普露跟伊茲一起往訓練場走。

「梅普露的技能應該特別好認吧。」

「……？」

「呵呵，很好奇吧。」

到了訓練場，莎莉立刻說出請求。

「那我先離遠一點……梅普露，能請妳打一次【毒龍】嗎？」

「好、好的！呃，【毒龍】！」

梅普露朝牆壁施放技能，毒液奔流照常將她周圍一帶化為毒沼。

「這樣行嗎？」

「嗯，那妳對我舉好盾牌。」

「……？嗯，知道了。」

在一旁伊茲的觀望中，梅普露應要求舉盾。

「開始嘍。【毒龍】！」

莎莉忽然說出本來不會從她口中聽到的宣告，同時一面紫色大魔法陣布展開來。

兩人瞪大眼時，和先前一模一樣的毒液奔流往梅普露爆發。衝向梅普露盾牌的東西，原本應該被【暴食】吞噬，但它竟然直接穿過去。

「欸！……咦？」

錯愕的梅普露眼睜睜看著毒液穿過她的身體散落地面。

接著歪著頭往莎莉看，莎莉也一副原來是這麼回事的讚嘆樣子。

「這個技能可以模仿一定時間內看過的技能特效並打出去。但完全只是假象，所以沒有傷害。」

不是命中人會彈開但沒有傷害，而是如同地城裡的虛體魚那樣，【立體投影】造出的虛像連摸都摸不到。伊茲也碰碰莎莉噴射的毒沼，結果直接穿過去，一點觸感也沒有，但外觀上和梅普露的正牌毒沼完全沒有分別。

「哇塞～真的跟我的一樣耶！」

「可以用來混淆對手喔。這次的裝備整體看來都是ＰＶＰ取向吧，對怪物可能沒什麼效。」

「怪物不會懷疑或猶豫嘛。看樣子……又是一個需要技巧的裝備。妳的話應該能用得很好吧。」

「還有技能可以把這種幻影實體化，不過基本上一場戰鬥只有一次就是了。」

「可以當作複製招式來用呢。」

「聽起來很強耶！也就是真的能用【毒龍】的意思？」

「對呀，有機會就加進戰術裡試試看吧。」

「嗯嗯！還有嗎還有嗎？」

實驗過後，梅普露眼睛閃亮亮地跑過來問有沒有其他技能。

「這個武器很好玩喔。妳看。」

莎莉手中的武器幻化為光，再接連變成其他種類。

「啊，這個就不是幻影了吧！」

「就是可以變成其他武器的感覺。我在回來的路上有試了一下，在戰鬥中也可以用。」

「可以持續變成合適的武器啊？哎呀，我也好想做出這種武器喔……」

那是獨特裝備的異能，如果連伊茲都做不出來，可以視為目前無法打造了。

換句話說，這表示莎莉能做出其他玩家無法模仿，且從未見過的戰鬥方式。

「這幾招我以後就只在自己人面前用了。沒人知道的話，奇襲比較容易成功。」

以為是短刀卻突然變成巨劍，躲起來就很困難了。人本來就難以應對意外的事。

「然後還有一個。」

「還有喔？好棒喔～什麼樣的？」

「開始嘍？【偽裝】。」

經過宣告後，莎莉的裝備發起光來，衣服變成平時的藍色風衣和圍巾。

「類似【快速換裝】？」

「不，變的只有外表而已。妳看。」

莎莉接著用【變換自如】改變匕首，只見匕首部分失去技能效果，變成灰色的短刀。

「哎呀呀，還有這種裝備啊！好想做出來喔……不曉得能不能做到類似效果。」

「它還能改變技能和魔法的名稱跟外觀。比如說……【火球術】！」

手上跟著張開一面綠色魔法陣，往訓練場的乾草捲射出風刃。但風刃沒有切開乾草捲，在擊中時嘩啦一聲水花大濺。

「？？？？？」

莎莉向搞不懂狀況的梅普露解釋：

「我剛才是把【水球術】的技能名稱改成【火球術】，再把特效外觀變成【風刃術】。」

雖然這裡換那裡改，射出去的依然是【水球術】，所以著彈時噴出水花。

「這、這樣啊。」

「這也是懂得用的話就會很有利，我還要再多練練才行。是已經有想到幾招了啦，可是思路和以前很不一樣就是了。」

「哈哈哈……我好像根本用不來，不過莎莉的話一定行！」

「看我的。總之在下次ＰＶＰ活動之前，我會多練好幾招。」

「看妳的嘍。需要什麼就說一聲，我幫妳準備好。探索跟戰鬥都要加油喔。」

「「好！」」

從此之後，莎莉一有空就躲開其他玩家的耳目做特訓，好熟練新取得的能力。

第三章　防禦特化與水中神殿

過了幾天，由於玩家們陸續進入第二級區域，競爭者減少使【大楓樹】探索起來更加輕鬆，也總算全員進入第二級的深度了。

除了先一步送進來的莎莉進度比較快以外，基本上是腳步一致的狀況。

第八階幅員雖大，區域之間的限制卻比較嚴，真正的探索現在才要開始。這當中，奏今天沒有離開城鎮，而是往基地底下潛。

沒有怪物，讓他很輕鬆就來到之前莎莉找到的有許多提示石板的房間。

「就這裡吧？」

雖然莎莉傳過照片，不過來這裡並不困難，潛水衣強化之後他便來到這裡親眼看一看。

奏的目的不是莎莉見過的地圖，而是刻有不明符號的石板。他一片接一片地拿起來看，還頻頻點頭。

「嗯嗯，這樣看來真的沒錯，感覺都是很有用的提示……」

對莎莉而言意味不明的符號，在奏眼中都是確切的文字。如同以往，這也是散布在遊戲中的祕密之一。常上圖書館，將每本書都塞進腦袋的奏知道，過去階層也出現過這種一般情況無法讀懂的語言。

「嗯～原本以為只是放好玩的，原來有實際用途啊。」

這還是他第一次藉由這些符號獲得直接提示。不枉費他在其他玩家到野外殺怪尋寶時，將時間都花在城鎮裡，或者說圖書館裡了。鮮少參與需要在野外跑來跑去的任務或下地城，也使得他比較容易碰上需要用腦的任務。

「睿智之匣啊……終於輪到我了。呵呵，沒用就給別人吧。」

他覆誦剛譯出的字詞作確認，悠悠地游回地上。只見他心裡似乎已有目的地，划著小船前往野外。

在水上慢慢前進的奏來到有第二級深度的地方，查看水下狀況。下方有城鎮那樣層層疊起的高塔紛亂林立。從失去玻璃的門窗口能見到怪物的身影，想全部搜索一遍恐怕得付出不少代價。

「嗯～怪物好多喔。」

奏回想現有的魔導書想辦法。讓湊以一半威力來用就不必消耗魔導書，對付小嘍囉是可以愛怎麼用就怎麼用。

不過長期泡圖書館雖給了他這個提示，等級就升不快了，甚至低於第八階平均水準。戰鬥時必須善用【神界書庫】和【魔導書庫】。
「能用即死攻擊一次清光就輕鬆了……但不行的話反而麻煩，還是單純點好了。」
奏定好計畫後收起小船，噗通一聲掉進水裡開始下潛。
「湊，【擬態】【迎擊魔術】！」
湊變為奏的模樣，在周圍布下四面魔法陣。它們隨湊移動，對快速游來的怪物射出光彈。這個技能的威力和連射速度都不錯，對這些只會作最基本迴避，大致上還是直線衝撞的怪物很有效，可達到以量制量的效果。這種迎擊方式的另一個優點就是不必玩家操控，湊也能發揮十足力量。
「裡面不大的樣子，怪物應該不多吧？那就【電擊槍】！」
奏以湊為中心展開攻擊，用【神界書庫】只限今天用的技能對付鑽過彈網的怪物。水中電光奔竄，在奏手中構成長槍。投出去後不只擊中的怪物受傷，周圍也一起遭殃。
「不錯喔，拿到魔導書就留下來吧。」
破綻又小，單純好用，留下來不吃虧。從取得【神界書庫】後累積到現在，飄浮在身邊的書架裡已經滿滿都是魔導書。然而只能用一次的問題依然不變，所以得到湊這個夥伴，可以在戰鬥中隨意使用魔導書，對他的幫助是大得不得了。
「要用就用在需要的時候。」
奏就這麼一路擺平怪物，來到最高建築的窗口，查看剩餘時間再進去。他的水下活動時間並沒有特別長，要是在探索這麼高的建築物時溺水就糗大了。

「可能要來回好幾次。看情況……」

奏認為，假如目標真如預料那樣，勢必得確保一定時間才能到手。

除非進度突然有高度進展，不然要在這待上一陣子了。奏這麼想著，往怪物少的建築物內部下潛。

這建築雖然細細長長，內部構造並不複雜。每層像積木一樣堆疊，以階梯或梯子往下連通，走那裡就沒問題了。奏一面注意活動時間，一面迅速確實地查看每個房間，盡可能不漏掉任何東西。到了一定深度，房間氣氛開始改變。

「喔？好像快要有狀況嘍。」

牆與地板都出現一些符號，與指引奏來到這裡的那些石板相同。檢查有無陷阱後，奏上前解讀。

「原來如此……真的有藏祕密。之前也是這樣。」

這遊戲存在著許多技能，單純探索會難以發現的技能，奏至今都沒看過其他玩家用這種以魔導書為主的打法便是這個緣故。

而奏此行的目的即是與魔導書有關。

和取得【魔導書庫】那時一樣，這次的提示告訴他，這裡有東西能為【神界書庫】

帶來實質上的強化。

奏再次確定自己沒有誤解這些由符號串成，不是一般人能讀懂的提示後，往下一個房間前進。

這裡看起來也是一個整個泡水，沒有家具的平凡空房間，可是奏果決地手扶一面牆發動魔法。

「剛好，【電擊槍】！」

奏看著電光隨牆面擴散，不久後牆壁發出蛛網狀藍光，如門扉般左右兩分。

「好，看來是真的有東西了。」

難解的提示，再加上一般而言不會發現的機關，讓奏肯定此處必有祕密，繼續向前游。

「再來……是這邊吧。」

對奏來說，提示就像是大大地直接寫在牆上一樣。只要過了解讀這關，接下來就不怎麼困難了。他一一開啟這石造建築的牆、天花板與地板，毫不猶豫地往密道前進。

奏已經將開啟密道的方法都牢記在腦子裡了。就算這次拿不到獎品，下次也肯定能輕易來到這裡。

再游了一段，奏透過他在水面見到的景象與路程，推算出自己已經來到建築的底部。這時，眼前出現一扇風格不同以往的門，且與遭到水蝕的建築不同，依然十分完好，顯得特別異質。

「裡面會是什麼呢？不像魔王就是了。」

奏謹慎地接近門，只見門緩慢地自動開啟，門後是數個與照明並列的書櫃。小心翼翼地進去，發現這裡與外界隔絕，水文風不動地停在門口流不進來。

「這樣啊，那我就不用擔心那麼多了。這次也能盡情拼的樣子。」

環視房間，確定沒有特殊設置後，奏來到置於中央的台前。

台上散亂放置著大量純白拼圖，奏不出所料地拿起一片。

只要完成拼圖，應該就能獲得獎勵。對奏來說，這裡不是水中真的值得慶幸。原以為恐怕需要來回水面好幾趟，沒水就能專心完成拼圖了。

於是奏吁一口氣，坐上台前的椅子認真觀察拼圖。將每一片形狀記入腦中，漸漸就能看出哪一片能與哪一片接合。

就像莎莉那樣，奏以別人想學也學不來的方式破解拼圖。

「這裡會不會也有提示啊？」

這房間的牆全是書架，裡頭又擺滿了書。奏一時好奇就暫且放下拼圖，拿書出來翻了翻。

「嗯……就是把公會基地地下那些第八階背景故事寫得更詳細的感覺。」

書裡是第八階地區的設定，沒有針對地城的直接提示，也沒有只有奏看得懂的文字，但提供了一些能讓人稍微預測未來怪物或地城狀況的資訊。

奏翻一翻就能記起來，隨時都能輕易回想。

由於這裡的路途並不方便，他便趁這個機會將所有的書都記起來。

「真可惜，沒有那麼容易拿到新線索的呢……」

用短短幾十分鐘翻閱每一本書後，奏又回去繼續拼圖。靜謐的房間裡，只有拼圖發出細小聲音，慢慢將圖框塗滿白色。

「都已經記住怎麼拼了呢。」

純白拼圖沒有完成一幅畫的樂趣，讓奏拼得有點枯燥。

這原本應該不是能這樣一個蘿蔔一個坑的東西，對奏來說卻不是這樣。

他似乎是真的記住了拼法，在拼圖上專注了一會兒就一氣呵成地完成了純白拼圖，簡直不可思議。

「呼……結果呢。」

拼圖當然是沒有拼錯，不久便在等待變化的奏眼前發起微光，空中出現魔術方塊，和奏現有的很類似。

「嗯，果然沒錯。太好了。」

拿取魔術方塊後，方塊像【魔導書庫】那時一樣與【神界書庫】融為一體。奏立刻

查看法杖，了解新取得的技能。

【技能書庫】

將不消耗ＭＰ的技能，以「技能書」方式收藏於專屬「書架」。

經保存的技能，只能透過「技能書」使用。

簡言之，就是【魔導書庫】能夠保存之前無法保存的技能群了。只要有時間作準備，肯定能發揮無與倫比的強度。

「可以向大家回報好消息了。不曉得他們在做什麼。」

奏想著多半正在探索的其他公會成員，離開了房間。比起已經能猜到七、八成的新道具，他對經常引發意外狀況的公會成員們更感興趣，很期待他們找到好玩的東西。

奏返回公會基地時，梅普露和莎莉正好在閒聊。

「啊，奏來了！今天是去哪探險嗎？」

「嗯，兩三下就解決了。」

奏跟著向她們報告【技能書庫】的事。

「這次是什麼技能都能收藏……包含沒在用的武器技能嗎？」

「那樣不會發動。喔不，有點不一樣……書是做得出來，用了也會耗掉，可是沒效這樣。」

莎莉覺得很可惜，這樣跟沒有發動一樣。奏還表示，提供書櫃的魔術方塊雖是經過一連串的【神界書庫】任務而來，但並非法杖專用，正確來說是會賦予武器技能的道具。

只要得到它，肯定能增加戰鬥籌碼。

「我能不能解還不知道呢。你很會解謎？」

「是啊……對喔，差點忘了。」

莎莉想起這種技能不是靠打倒魔王取得，覺得自己沒什麼機會。戰鬥能力再強，也得不到【技能書庫】。莎莉並不是不善解謎，但是把純白拼圖解到信手拈來這種事，她再怎麼樣也不可能做到。再說想發揮十足的力量，就得先有【神界書庫】，基本上還是法師取向的技能。

「要我幫妳解也行喔。」

「不了，這種事要自己來才有意義。」

「呵呵，好的好的。」

「那個那個，你是潛下去以後碰巧發現的嗎？」

「不是，是因為基地底下有別的提示……要去過其他階層的圖書館才看得懂。」

奏也將符號文字的事說出來，兩人都露出訝異的表情。

「以後看到那些符號就一定要拍下來了。」

「嗯！原來這麼有用，不曉得以前去過的地方有沒有？」

「不知道耶。妳們探索過的地方比我多很多，說不定真的有喔。」

「以後要仔細看才行了！」

「哈哈哈。那妳們要不要學一下怎麼解讀？看得懂的話，以後一定不會漏掉。」

系統並不複雜，於是奏向兩人提議，她們也積極地表示願意。

「那就先從簡單的開始。光是看得懂數字，應該就差很多了。」

「……所謂的簡單不是以你為基準吧？」

「咦咦！這樣其實很難吧……」

「妳們猜？」

奏面露賊笑，將自己所知傳授給她們。

兩人就這麼在公會基地跟奏上了一段新語言課。告一段落後，本日課程宣告結束。

「怎麼樣？」

「還、還行吧？」

「目前都還聽得懂。」

「那都是我從各階圖書館整理出來的，有興趣就到圖書館補習吧。」

奏也是到了第八階才見到給予有用提示的符號，說不定第八階其他地方也會有這種文字。

學起來不吃虧。

「看到類似的東西隨時可以密我喔，我應該能直接解讀。」

「真的？謝謝啦～！」

「該不會我們根本不需要學吧……？」

「學習新知是一件快樂的事喔？」

「這我倒是不否認。」

「這也是一種不錯的經驗吧？」

「算是吧。我好像很少做這種事。」

遊戲中出現自創語言的事並不稀奇，但要求玩家解讀的就少了。在莎莉愛玩的動作遊戲中更是如此。

「那我再去城裡逛一逛喔。這次城鎮好像也滿重要的。」

「說不定會像基地地下一樣有提示呢！」

「嗯，有發現我會再聯絡。有些地方我一個人不太好打。」

「到時候我就去幫你。」

「我也是！」

「下次等妳們回報新發現喔。」

「看我的！我會努力探索的！」

奏微笑著點點頭，如其所言到城鎮去了。

留在公會基地的兩人繼續對話。

「那現在怎麼樣？剛是說要去探索啦。」

「既然奏都那麼說了……我想去看看沒去過的地方！」

「好，那我們看著地圖想。去外面看實景……也很難決定。」

第八階景觀缺乏變化，水下活動時間又有限，基本上最好是先選定地點再行動，目前她們也都是這麼做。

「有哪裡比較好嗎？」

「嗯……首先是需要蒐集零件，大家也都才剛開始探索，沒什麼資訊耶。」

「這樣啊～真難搞。我也是最近才剛強化而已……」

「不過我知道一個可能不錯。」

「是喔？」

「基本上就是地城，感覺是水中神殿那樣，我進去看看就出來了。」

「喔～！好像很酷耶！」

「怪物感覺還滿強的，所以我想跟妳去打一次看看。」

說完，莎莉轉了轉手中新入手的短刀。她最常和梅普露搭檔戰鬥，跟她試試如何用新技能互相配合也不錯。

「那些技能好像很難搭配呢……」

「妳照原本那樣打就行了啦！我來配合妳就好。對上怪物的話，能做的很有限啦。」

怪物不會多想也不會誤判。梅普露可以利用這點取得優勢，但計畫不會永遠都那麼順利。

「ＯＫ～！那就去打打看吧～！」

「位置我已經記住了，直接坐那個去吧。」

「……！那個嗎！」

莎莉就這麼帶著眼燦星光的梅普露跑出公會基地，來到野外與城鎮的交界，從道具欄取出水上摩托車。

那當然是伊茲的手筆。車子嘩一聲落水，搖啊搖地逐漸安定。莎莉先上車，伸手將梅普露慢慢帶上來。

「要抓好喔？」

「嗯！我自己不能騎，等好久了！」
梅普露根本沒有ＤＥＸ，完全無法操縱，莎莉就沒問題了。
「那我出發嘍！」
「知道了！」
確定梅普露抓穩後，莎莉發動摩托車並逐漸加速。
「喔喔～！好快好快～！」
「在水面上很難移動得這麼快呢。真的要感謝伊茲姊。」
兩人就這麼濺著大把水花，往目的地水中神殿前進。

水上摩托車在水面奔馳一會兒後，在地圖上什麼也沒有的位置停下。
「這裡嗎？」
「嗯，潛下去沒多久就會有傳送魔法陣，過去以後沒有水，應該好打多了。」
梅普露及結衣和麻衣都是全點型，無法學習【游泳】【潛水】等技能。在第八階不管再怎麼游，在水裡都不會獲得比潛水衣更高的強化。
因此，想攻略耗時的地城就變得困難許多，不在水裡真是天大的好消息。
「不是在水裡呀，好神奇喔。」
「跟奏去過的那個房間很類似吧？跟外面是不同世界，水流不進去那樣。不過路上

一樣都是水就是了。」

「趕快進去就沒事了吧。」

「對呀，我們走吧。」

「嗯！」

兩人換上潛水衣，跳水直線下潛。

「莎莉，妳常來這邊嗎？」

「還好啦。可是這裡很大，漏掉的地方應該很多吧。啊，梅普露，怪物來了！沒有穿透攻擊！」

莎莉所指的方向有群小魚直線衝來。簡要傳達必須資訊後，梅普露也立刻明白該做什麼。當沒有穿透攻擊，敵人數量又多時，就要靠梅普露了。

「【獻身慈愛】！」

水中光華四射，兩片白翼從梅普露背上伸展開來。魚群衝進上下延伸的圓柱狀微光領域攻擊她們倆，但別說梅普露，受到庇護的莎莉都沒受傷。

「謝啦，梅普露。雖然那並非全都是怪物，不過數量還是很多。」

「那就好……哇，在裡面看是這種感覺啊……」

其實怪物都卯足了勁攻擊她們，但只要有梅普露在，就能見到與魚共舞的畫面。

包圍兩人的魚群在日光反射下，鱗片閃閃發光，量實在很多，並且隨下降呈柱狀往下延伸。

「能進來這裡面的大概只有妳吧。既然沒傷害，放著不管也沒關係。滿漂亮的。」

「嗯！可以抓一隻起來看嗎……？」

「以妳的數值來說……不知道耶？可能沒關係？」

梅普露將手伸進周圍不停打轉的魚群裡，但魚在她手上啪啪啪地彈開，怎麼抓都抓不到，只有人不斷下沉。

「唔，抓不到耶。」

「沉很深了，快到嘍……」

幾乎就在莎莉說話的同時，魚群似乎超過行動範圍而驟然散去，回到水面一帶。

「啊！對喔，會跑回去。」

「我自己打就看不到這種景象吧。」

「呵呵呵，開心嗎？」

「嗯，真的沒想到。那麼，重點來了……」

「水中神殿！」

莎莉牽著梅普露幫她加速，游向倒塌在水底的建築物。穿過只剩斷垣殘壁的街道，堆積著許多殘破粗大倒柱的神殿遺跡便映入眼中。如今這裡全然是魚貝類的棲息地，但柱間仍透露出魔法陣的光芒。

「是那個嗎？」

「嗯，答對了。」

「只從上面看就看不見了呢。」

「以後探索的時候，先挑稀有的地形會比較好。完全沒提示的話，潛深一點就對了。」

以這次來說，就算沒看見魔法陣，這座水沒都市也是遠遠就能瞧見。由於水面相當於過去階層的天空，照莎莉說的那樣潛下來看看是很重要的事。

「啊，廢話就不多說了，趕快進去吧。鑽縫隙那樣就好。」

「直接鑽過去就好啦？」

兩人穿過倒柱縫隙，往藏在裡頭的魔法陣前進。幸虧是在水中，上下移動起來毫不費力，梅普露也能輕易翻越障礙。

「那數到三一起進去喔！」

「好哇，妳來喊。」

「好，一、二、三！」

踏上魔法陣那瞬間，熟悉的光芒籠罩她們全身，將兩人傳送到神殿內部。

當光芒消退，看得見周圍景物後，梅普露四處張望查看狀況。

兩人位在由淺藍石材為主建構成的寬敞空間。牆上高高低低開了很多洞，似乎是通往其他房間的通道，還設有階梯和水道。想找出正確路線，恐怕得花上不少力氣。

她們暫且脫下潛水衣，開始討論先往哪走。

「怎麼辦？妳知道應該先走哪裡嗎？」

「這我就不知道了，不過有些地方我還有印象。」

「那就一個個探險嘍。」

「就這樣吧。那麼，先走哪一條？」

通道四通八達，能選的路線很多。而且她們倆還能先挑空中的走，選擇可說是無限多種。

然而這次她們打算不用糖漿或莎莉的絲線走空路。這個地城乍看之下路線並不明朗，要是亂抄捷徑，很容易錯失必須破解的機關之類。與其最後反而要繞回去重找一遍，不如一開始就照著安排好的路線走。

決定方針後，兩人便往眼前的直線道路前進。

「這裡的怪物很強喔？」

「嗯。基礎能力高，又沒什麼破綻的感覺……剛提到就出來了。」

兩人走了一小段，發現地面出現藍色魔法陣，從中噴出水柱。兩具由水流聯繫各處冰冷石製組件的魔像撥開水柱現身。

「就是神殿衛兵的感覺吧。」

「喔喔～要保護這裡耶。」

「那就來打打看吧。【快速換裝】。」

莎莉發動設定好的技能，從梅普露熟悉的藍色裝備換成以灰色為主，到處飄散出黃色多邊形的新獨特裝備。

「防禦看我的！隨便妳怎麼試都行！」

梅普露舉盾發動【獻身慈愛】，保持隨時能支援莎莉的架勢以防萬一。

「好，上嘍。」

「我負責從背後射它！【全武裝啟動】！」

見到梅普露啟動武器，莎莉一口氣向前猛衝。原以為魔像也會跟著上前，結果它們利用組件由水相連的特性，雙手如長鞭般暴伸而來。

「哇！會伸長耶！」

「沒問題！」

面對有壓倒性臂展，而且是兩具的魔像，莎莉依然一步也不停地直衝向前。她屈身用短刀彈開第一隻手，再將武器變為長槍撐地躍起，變回短刀並躲過第二隻手。

「喔喔～！」

最後在後方梅普露的讚嘆中著地，處理晚一步發動攻擊的第二具魔像。

「呼……！」

既然有梅普露幫擋，能試的盡量試。莎莉將武器換成巨劍，劈砍在魔像的手臂上，然後換成塔盾架開另一隻手，恢復武器向前一跳。

「喝啊！」

在梅普露的支援射擊中，莎莉穿過雙臂之前猛力揮斬。

之前無法以短刀架擋的攻擊，換成巨劍或塔盾就能安全應對。

莎莉直接繞道魔像背後，扭身並順勢橫掃巨劍，再往後跳拉開距離。

遠比短刀長的攻擊範圍，讓她能做到一擊傷害兩個目標這種過去做不到的事。

兩人一前一後夾擊退卻的魔像，使得其中一具轉往梅普露攻擊。

魔像中心發出藍光，如雷射般噴出高壓水柱。

「哇！沒、沒事！沒有用！」

梅普露都在看莎莉的動作而反應不及，水柱直接打在身體上，但沒有傷害，反倒是梅普露回敬的光束砲燒傷了魔像。另一邊的莎莉不依賴梅普露的【獻身慈愛】直接迴避，暫時拉開距離再進逼。

「梅普露！我要左手啟動！」

「知道了！【啟動．左手】！」

見到梅普露發動技能，莎莉順著閃避水流的動作以【跳躍】跳上天空，從魔像正上方伸出左手。

「【啟動・左手】。」

頸環在莎莉宣告時發光，左手出現和梅普露一樣的黑色巨砲。

「【開始攻擊】【虛實反轉】！」

隨莎莉呼喊而開始充能的鮮紅雷射瞬時吞沒底下兩具魔像，將它們燒成灰燼。

化為現實的光束砲以莎莉所熟知的威力，收割梅普露以彈幕削到最後一段的ＨＰ。

真不愧見過她用那麼多次，傷害計算得很完美。

在魔像消滅無蹤的通道著地後，完成任務的左手武裝化為黃色多邊形而消失。

莎莉攻擊成功而喘口氣時，梅普露跑到她身邊說：

「莎莉！那好帥喔～！」

「是吧。不過那我也是第一次打出有效攻擊。」

「嗯！妳一直變換武器，都用得很順手耶。」

「因為在其他遊戲用過別種武器嘛。在這邊之前也跟麻衣她們特訓過。」

莎莉說得輕描淡寫，但那絕非易事。像梅普露的盾術也還很有得練，就算只練一種武器，一般也要花很長時間才能熟悉。

「在ＰＶＰ活動之前，武器會變形的事需要保密。對手武器突然變很長，誰都會嚇一跳吧。」

「嗯，就是啊。」

「這部分也要提早練習好才行。大型武器揮動幅度大，空隙自然也就大了。」
由於判定上仍是短刀，拿不到能夠彌補這方面缺點的武器專屬技能。若不小心使用，不只會直接承受缺點，還會浪費以攻速快與機動性高見長的短刀技能群。
「最後的【虛實反轉】冷卻時間很長，要一段時間以後才能再試了。跟妳看到的一樣，就是之前用過的技能只有那時候真的有效的感覺。」
「嗯嗯。可是妳只用左手嗎？全部都用也沒關係喔。」
「我血很薄，不容易活動的全武裝啟動反而容易被反擊。例如很難扭身閃躲這樣。」
「是喔，說的也是啦。」
梅普露能站在原地灑子彈也是因為她防禦力夠高。換作莎莉，只要中一次反擊魔法就要當場暴斃了。
「那下次也用用看部分變形的好了。」
「這樣就方便多了。因為【立體投影】只能複製有人放過的技能。」
「ＯＫ～！那我們繼續前進吧！」
神殿的路途還長得很，兩人續往深處邁開步伐。
兩人在潺潺水聲中步入神殿內部。戰鬥都是梅普露扛傷害，莎莉貼身戰鬥的陣式。

雖然新的獨特裝備讓莎莉的能力值提升不少，但得到的技能攻擊性不高，對怪物造成的傷害差異不大。

「莎莉好厲害喔，真的什麼武器都用的很順耶。」

「都是靠經驗的累積啦……不過打法是每個人都不同，擅長一種夠了吧？」

莎莉是因為很了解自己擅長的領域才能使用剛才那種打法，梅普露就不一定了。

所幸這遊戲不單純靠技術，技能夠強也能戰勝強敵，梅普露靠後者努力就行了。

「妳的技能比我的厲害，一對多也不怕呀。發揮自己的特色就對了。」

「說得也是。」

「妳也有很多只有妳才做得到的事喔，妳應該也很清楚吧？」

「哼哼哼，防禦力可是我的驕傲呢。」

「嗯。要繼續磨練下去喔。」

不管怎麼說，梅普露的戰鬥都是建立在防禦力上。無論攻防還是利用爆炸的反作用力來移動，都深受防禦力的影響。

這種打法，數值正常的人根本模仿不來。

「那麼莎莉，妳就儘管試下去吧！魔像好像都不用怕。」

「雷射都不管用呢……」

兩人邊聊邊深入地城。只要身邊有梅普露就不怕突然沒命，在地城裡也不用太過小心冀冀。

兩人一一撂倒路上出現的魔像向前進，來到一處被粗大水流截斷去路的地方。水流很深，一踏進去就要頭下腳上一路沖下去了。

「怎麼辦啊，梅普露？應該有地方可以解除才對。」

「這樣啊。」

「這邊看得到對面還有路，這種時候大多就是要解機關。」

梅普露環顧四周找線索，發現牆上有三個突起，便嘗試輕碰一下。

「……！莎莉，這可以按耶！」

「很好。那……要按哪個？」

不管碰哪個都有能按的感覺，但多半不是全按下去就好那麼簡單。

「路、路上有沒有提示啊？」

「目前沒看到類似的……？反正這裡很大，我們又是隨便選一條路走，說不定其他路會有提示。」

「的確可能是這樣。」

「那就先走別條？」

「嗯！」

「ＯＫ～那就折回去看看吧。」

「每條都看一遍，說不定會有寶箱喔！」

「也對。我還沒查過這個……有就好了。」

土法煉鋼式的探索有時也是必要的。兩人就此折返。

「對了，莎莉。以前玩其他遊戲的時候也有像這樣回頭過耶。」

「啊，因為岔路通常會放一些寶箱或道具，知道應該走哪條以後就會擺到最後再走了。」

如果只是一般道具，不去也不影響進度，可是沒徹底探索還是教人不太舒服。

「想每條路都走過一遍，當然也是可以喔。」

莎莉補充，這是因目的而異。如果只想要道具，就該事先查好最短路徑，若想享受探索的感覺，什麼都不知道比較好。

「梅普露妳幾乎都是沒查過吧？」

「嗯。先對道具和事件作功課的只有第六階那時候吧……？」

「喔……那時候啊……」

當時梅普露需要在沒有莎莉的情況下單獨尋找能給莎莉的道具。就算沒這必要，總是會事先查資料的莎莉不在了，梅普露也得自己查。

「到處查資料也很好玩喔！能發現好多都不曉得的事件，也能知道原來妳都是在做這種事呢。」

「那就好。有什麼想知道的，上網搜尋也是一個很好的選擇。有很多不這樣就根本很難發現的事喔。」

「像浮游城就絕對找不到了呢！找到的人好厲害喔……」

「我覺得這部分，妳也不遑多讓喔……」

莎莉盯著一身特異技能的梅普露，回想她究竟去過多少怪地方。

「嘿嘿嘿，碰巧的啦。」

「只要玩得開心……嗯，那就好了啦。」

邊走邊聊的兩人，見到前方出現類似壁畫的東西。走近一看，畫的是先前的水流和路上見過的魔像。

「就是這個吧？」

「大概吧。像是按鈕的地方還用紅色強調出來了。」

壁畫描繪著不同情境，表示依正確順序按鈕，水流就會停止。

「所以照這個順序按就好？」

「應該是，先按按看再說吧。」

「ＯＫ～！」

獲得新情報的兩人再度回到原來地點，依壁畫所示按鈕。隨後眼前水流轟隆隆地停止，可以繼續前進了，只有之前噴水的牆上留下一個大洞。

「喔喔～！真的停了耶，莎莉！」

「嗯，看來是走對路了。」

「這個洞裡面會不會也有東西呀？」

「咦？嗯……能進去嗎？」

聽莎莉這麼問，梅普露便把腳往洞裡伸。

「嗯！可以進去的樣子！」

「這樣啊？那進去看一下也不錯啦。」

畢竟地形變化之後有藏東西的事也很常見，莎莉跟著梅普露走進洞裡。

「這種地方不是很容易有東西嗎？」

「嗯，是沒有一定啦，但滿常見的。」

梅普露滿懷期待，雙眼因寶物的預感而閃閃發亮。走了一會兒，兩人聽到地鳴般的聲響。

「哇！怪、怪物？」

「……！不、應該不是……！」

這裡並不是怪物的巢穴，原本是水道，那麼轟隆聲的真面目便不言而喻了。

「水、水嗎！」

「只會停一下子而已吧！【冰柱】【右手・吐絲】【超加速】！」

莎莉迅速造出冰柱塞住通道阻擋水流，用絲線捆起梅普露緊急逃難。

高速起跑後沒多久，剛設下的冰柱就爆開了，看得莎莉瞪大了眼。

「梅普露，準備【暴虐】！水有多少傷害不知道！」

「知、知道了！」

再加上【不屈衛士】的雙層保險為衝擊做好準備後，莎莉繼續死命往出口跑，但她知道拖在後面的梅普露很可能來不及出來。

「梅普露！」

「【暴虐】！【不壞之盾】！」

光這一喊，梅普露就知道該做什麼，立刻發動了【暴虐】。緊接在莎莉跳出出口後，劇烈水流將梅普露推出來，沖得兩人飛過通道。

即使沒有穿透效果，地形傷害依然在有減傷情況下大力削減梅普露的外皮，最後因【獻身慈愛】替莎莉承受的傷害而崩潰，兩人一起落入水流底下的瀑布潭。

然後一起在轟隆隆的瀑布邊浮出水面。

「呼，好險喔……幸好都沒事。」

「唔唔……對不起喔，莎莉。想不到會變這樣。」

「意外是常有的啦，都沒事就好。」

如果想回去，走捷徑就行。既然都按部就班攻略過一次了，不會破壞接下來的樂趣。

「想去哪裡就去沒關係，哪裡我都陪妳去。如果有危險，我會要妳負起責任保護我的啦。」

見莎莉被自己的話逗笑，梅普露也放鬆表情。

「嗯！」

要繼續前進時，梅普露忽然覺得哪裡怪怪的。

「……？」

「怎麼了？」

「盾、盾牌！盾牌不見了！大概是被沖走了！」

「咦，在水裡嗎？」

「嗯、嗯！大概！」

梅普露慌張地把頭伸進水裡查看，但莎莉冷靜地教她簡單的方法。

「如果裝備不是被事件什麼的強迫解除，只是掉了的話，應該可以從道具欄直接拿回來喔。」

「啊！對、對喔！不愧是莎莉！」

差點忘了還有這個方法的梅普露立刻操作道具欄，順利將那漆黑的盾牌弄回手上。

「看來妳是成功了。」

「嗯，太好啦……我看水底在發光，還在想要怎麼下去咧。」

「發光……嗯～？」

莎莉覺得事有蹊蹺，和梅普露一樣探頭入水。沒錯，要看黑盾在水裡是不是也會反射出清晰可辨的光。

「莎莉？」

「……梅普露，還在發光喔。」

「……？」

「這下面……八成有東西。」

「咦咦！」

「這就是因禍得福吧。怎麼樣，要下去嗎？」

「嗯嗯！我要我要！」

「ＯＫ～那趕快換上潛水衣吧。」

「好的好的～！」

意外的發現使兩人對等待她們的東西滿懷期待，開始下潛。

光。

水流下的瀑布潭很深，從水面上看還沒發現，下潛之後便能見到的確有東西在發光。

「直線下去喔。」

「嗯。」

梅普露依然維持【獻身慈愛】，安全有保障。莎莉牽著梅普露的手幫她加速，往水底游去。

底下沒有怪物，兩人平安潛至最深處，見到通往四個方向的巨大洞穴，和一片微微發光的珍珠色大鱗。

「就是這個在發光吧？」

「看位置應該是。我沒聽說過這種東西，可能還沒人發現過這裡喔。」

這裡是水中神殿中段的瀑布底。基本上沒幾個人能像梅普露她們這樣被水流衝撞也依然存活，想安全到達這裡就得趁解開機關，水停路現時刻意往下跳才行。

如同來到這裡的玩家並不多，誰也無法否定神殿裡還有其他沒人發現的地方。

「這裡應該不是一般路線吧？」

「應該不是。雖然這裡是水中神殿，但基本上不需要潛水衣。」

「到裡面去看看吧！」

「嗯，趁還有時間。以後會怎樣還不曉得呢。」

圍繞她們的大洞並沒有明顯差異，兩人隨便挑一個進去。

「剛才那片鱗片好大喔。」

「表示接下來說不定會有很大的東西喔。說起來……有隱藏魔王在這裡遊蕩也不奇怪。」

既然有鱗片掉在入口，那麼有個像第二次活動的大蝸牛那樣的怪物在這廣大空間裡四處游動，的確是合情合理。

「我們小心地加快速度吧！」

「妳的活動時間比較短，我幫妳注意周圍。」

莎莉稍微先游一段查看危險，而梅普露一樣是維持【獻身慈愛】，盡自己所能警戒周遭。

前進一會兒後，只剩一堆殘垣破瓦，真的像是水中神殿的遺跡映入眼中。

「這說不定才是真正的水中神殿喔。」

「真的就在水裡嘛！」

「嗯，不過已經被破壞掉了。」

遺跡不像是遭受水蝕而毀壞，比較像是某種巨物硬鑽過通道時把它擠壞了。

「周圍的牆壁看起來都很硬，可能很有力吧。」

「希望沒有麻衣她們那麼猛。」

仍未現身的某物似乎在水中神殿裡到處瘋狂游動，左右通道上都是滿路的碎塊。

「嗯……往哪裡走才對呀？」

「這裡這麼大，應該會有線索才對……果然沒錯！」

稍微前行的莎莉停下來呼喊梅普露，手指之處有塊與入口那相同的微光白鱗。

「喔喔～！那就是這條了吧！」

「鱗片應該是表示牠經過這裡，再找下一片。」

「嗯！好像沒其他怪物呢。」

梅普露說得沒錯，別說之前那種魔像，就連魚類怪物也沒有。

或許是想方便玩家發現發光鱗片，陰暗的水裡只有瓦礫堆，沒有任何會動的東西，感覺很詭異。

「能專心探索的話當然是很好……可是完全沒有其他東西，實在很怪。」

特別的只有鱗片而已，而且有兩個人的身高那麼大，又在陰暗裡發光，不太可能錯過。

「梅普露，水底有東西嗎？」

「完全沒有～！連潛水衣的材料也沒有。」

「只能先往前進了嗎……有東西就應該會提醒玩家，像整條路氣氛都不一樣了那樣。注意氧氣喔。」

「嗯！」

莎莉的想法沒有錯，還不曉得接下來有沒有地方能浮出水面，且假如路上都沒有阻礙，有個特別強的魔王等在最後也不奇怪。

持久戰這種梅普露的必勝打法，在這樣的環境下難以執行，有加快速度的必要。

「細節我大致看一下就好。都走了這麼久，哪裡不對勁應該看得出來吧。」

「莎莉真可靠！」

說不定跟來時一樣，在意想不到之處有隱藏入口。

兩人就這麼注意這種可能，往最深處的某物所在地前進。

路線不具規則，有的鱗片唐突地插在牆上或地上。跟著跟著，陰暗的水底又暗了一些，能見度更差了。

兩人已經開了一陣子的頭燈，按說好的那樣，細部主要交由莎莉來探索。

「啊！又有鱗片了！」

「幸好變這麼暗也一樣一眼就看得見。雖然還沒到伸手不見五指，但還是會怕有東西殺出來，很費心力呢。」

莎莉迅速跟上稍微前行的梅普露，照常查看鱗片上是否有特殊提示時，地面忽然陣陣顫動起來，彷彿有巨物在爬行。

「……是不是震了一下？」

「嗯，不是錯覺。」

感覺是來自下方，目的地已經不遠了。

「周圍愈來愈暗了，小心點喔。有危險的話解除【獻身慈愛】也沒關係。」

「知道了！妳也是，有事就喊我喔！」

「那當然，看妳的了。」

兩人警戒著敵人動靜繼續深入，走過視野相當差的隧道後，發現自己來到一處寬廣空間。

「哇……好暗喔。」

「……小心，有東西。」

「咦！」

梅普露跟著莎莉往下望。與其呼應般，幽暗深邃的水底有一大團黑影伴隨地鳴動了起來，連梅普露都感覺得到。

嚴陣以待的兩人面前，水底一點一點地發出微光，光芒逐漸勾勒出那團黑影的形體。

發光的是跟路上那些一樣的鱗片，但不是遺落物，光團在水底慢慢動了起來。

那全身鱗片散發微光的生物像是魚和龍的混合體，是個幾十公尺長的巨獸。手腳都退化成小小的鰭，臉上有好幾條像是觸手或觸鬚的東西。發光的軀體照亮黑暗抬升起來，捲起滾滾水底沙塵。

「好大喔！」

「不曉得會怎麼攻過來，小心喔！」

兩人擺出戰鬥架勢時，水流和應是魔王的怪物一口氣衝上來，速度快得彷彿沒有體重，莎莉立刻蹬水加速。

「【超加速】！」

「衝、【衝鋒掩護】！」

梅普露雖以強行跟上加速的莎莉而避開直接衝撞，魔王移動時產生的水流仍將她們沖走。

雙方位置對換時，魔王擺動巨大尾鰭，又轉向她們。

「比想像中快好多！梅普露，躲得掉嗎？」

「看樣子很難耶……」

梅普露游泳速度很慢，不可能躲開。除非莎莉一直留在附近，不然無法持續閃避。

「我接一次看看！以前衝撞都不是穿透攻擊。」

「……ＯＫ，那就分頭吧。妳先拉住牠，我在周圍繞著牠打。」

「嗯！」

當衝撞有穿透效果時，兩人的任務就要對調了。見到魔王準備衝來後，莎莉退開以免遭殃，確實地往牠的死角繞。

「【嘲諷】！」

梅普露舉盾抵擋直線衝撞的魔王，但水底下與地面可不一樣。

「哇哇哇！」

【暴食】在魔王頭部大咬一口，造成不小傷害，卻無法阻止牠的動作，沒有地面支撐的梅普露被遠遠彈開。

最後直接撞擊水底，沙煙漫舞。

「現在要做我該做的事。【水纏】！」

儘管擔心梅普露的狀況，不過梅普露只要還有【不屈衛士】就不會倒下，莎莉便應該把握時間利用梅普露製造的機會。於是她換上藍色裝扮和兩把匕首，沿著魔王長長的身體拖刀游動。由於每一擊都有追加傷害，儘管能力值差了一點，這套裝備的傷害卻比較大。

「長這麼大，小動作就難了吧！」

魔王扭動身體嘗試擺脫莎莉，但她始終在其周圍保持適當距離游動，魔王怎麼也打不中她。

「【全武裝啟動】！【開始攻擊】！」

水底也有砲彈與光束掀起沙塵射向魔王。

「莎莉！我沒事喔！」

梅普露自豪的防禦力似乎紮紮實實地彈開了那巨大軀體的衝撞，槍砲聲夾雜著呼喊聲傳來。

「嗯！那我放心了！……再來可以專心攻擊。」

若遇上一般隊伍，魔王這種利用巨大身軀的攻擊能夠一次攻擊所有人，造成毀滅性的打擊，但只要能正面承受就一點用處也沒有了。

現在牠的衝撞莎莉躲得了，梅普露也撐得住。

衝撞、尾掃、不間斷的移位攻擊全都沒有造成任何傷害。這些模式固定的正攻法打不垮她們。

突出的能力值高不過梅普露又打不中莎莉，形同虛設。

沉眠於水中的巨獸拿不出與其壓迫感相襯的傷害，只有ＨＰ不停地掉。

「【流滲的混沌】！」

召喚出的蛇怪正面衝撞不知張開大口衝來幾次的魔王，大幅削減其ＨＰ，衝撞也停止了。

「看我射爛你！」

梅普露持續射擊，莎莉也抓緊機會補刀。然而魔王沒有反擊，甩開她們後以莎莉也

跟不上的速度猛然上升。

「咦？跑掉了。」

「不對，牠不只是逃跑！」

上升的魔王忽然掉頭轉向她們，臉上一根根鬍鬚扭到面前來。

在兩人無法接近的距離，魔王身上的光芒從尾鰭向頭部熄滅，融入幽暗的水中。

而消失的光芒並沒有到其他地方去，全部集中到鬍鬚尖端，且愈發膨脹。

都明顯成這樣了，算是見過同類攻擊的梅普露也看得出即將發生什麼事。

「要射過來了？」

「來了！擋好！」

「【沉重身軀】！【抵禦穿透】！」

梅普露發動技能，往正前方握持塔盾。一擺好防禦架勢，光柱就從上方降臨了。

「放心！在後面躲好！」

「嗯，靠妳了！」

莎莉躲進梅普露背後的同時，光柱籠罩了兩人。亮到什麼也看不見的光同樣被盾牌吞噬，但在全部吞盡之前向四面八方爆散開來。

「咦？」

梅普露的眼睛不禁跟著擴散的光線跑，見到刺在地上和牆上的黑鱗吸收光芒，開始發亮。

「我有……不好的預感。」

莎莉的直覺沒錯，本體射出的光束是停止了，可是周圍的大量鱗片卻成了發射裝置與反射裝置，細小光束開始到處亂跳。

「莎莉！」

「嗯，這樣反而輕鬆。要躲還是躲得掉啦。」

檢查【獻身慈愛】有效時，跳動的光線量已經多到無法忽視的地步。

魔王依然帶著一身失去光芒的黑鱗，在牠累積足夠能量之前，應該不會再吐出那種光束。

「注意牠的衝撞就好！會被撞飛！」

「ＯＫ，我也準備攻擊喔！」

梅普露背靠住牆，做好被魔王正面衝撞也能予以痛擊的準備，並固定住【獻身慈愛】的範圍，方便莎莉從安全地帶出擊。正因為梅普露不會受傷，才能採取這樣的戰術。

莎莉快速上浮接近魔王，在鱗片之間跳動的光線仍從四面八方射個不停。

「有得練習了。這種攻擊……躲不過怎麼行！」

雖然水中的動作方式與地面上不同，但莎莉已經練到駕輕就熟，交叉利用急停與猛衝鑽過縫隙向魔王進逼。

完全閃躲彈幕攻擊，是莎莉必須做到的事。這是為了能正面戰勝屬性相沖的對手，若做不到這種事，根本連提都不用提。

「【三連斬】！」

匕首劃過幽暗水底，迸出斬擊與傷害特效。

失去光芒的魔王彷彿融入黑暗，難以估測距離。不過莎莉依然以公分為單位持續準確閃躲。

「要練到可以輕鬆躲才行……！」

莎莉閃躲周圍光束之餘，確實遠離扭身掃尾的魔王，同時還想更進一步。

但莎莉怎麼想，和魔王能否擊中她完全是兩回事。

就算還有進步的空間，就算還不完美，魔王完全摸不到她已經說明了一切。

「梅普露！過去了！」

「看我的！【水底的引誘】！」

比水更黑的黑霧從潛水衣裡頭湧出來，將梅普露的左手化為觸手。

既然不拿盾也不會受傷，該做的就是守株待兔，用能夠吞噬一切的手臂吞了魔王。

五條觸手一開一合，抓碎猛衝而來的魔王腦袋。無關力道，純粹以吞噬接觸物的特性，全然不受抵抗地沒入魔王腦袋裡，炸出五個特大傷害特效。

「哇！還、還不停！」

即使腦袋被梅普露挖掉一大塊，衝撞猶未停止，魔王的身體要將緊貼著牆的她壓碎般擠過來。

儘管啟動的武器都被壓碎，對梅普露來說離這麼近反而容易攻擊，讓魔王壓著發動技能。

「【獵食者】！【流滲的混沌】！」

三隻蛇怪撕咬魔王的身體，和觸手一起給予痛擊，ＨＰ大幅削減的魔王搖搖晃晃地退開。

「毒……不能用，那就【砲管啟動】！」

在水裡不能使用除了她以外每個人都要遭殃的毒液，梅普露便從背後伸出幾條砲管同時擊發，追擊逃跑的魔王。

「莎莉！過去嘍！」

「沒問題！」

既然打不動梅普露，魔王便將目標放到莎莉身上，但事實已經證明這也是無用之舉。當魔王攻擊梅普露時，四處亂竄的大量光束也射不中莎莉。

無論莎莉還是梅普露，其防禦能力都沒有明確的時間限制。一邊靠的是玩家技術，一邊靠的是常駐技能，打不中、沒有用的狀況不管過多久都不會改變。

「【颶刃術】【五連斬】！」

這不是特殊技能或大型招式，都只是基本技能的進化型。儘管如此，它們仍紮實地削減了魔王的ＨＰ。只要能單方面造成傷害，沒有更強的招式也無所謂。

而且若有需要，現在的莎莉還能借用一下下梅普露的力量。

「【快速換裝】！【砲管啟動】！」

黃色多邊形在莎莉背上凝聚成數條砲管，和梅普露一樣噴發烈火。

「【虛實反轉】。」

近距離施放的攻擊直接貫穿到魔王身體另一邊後，背上的武裝隨即夾雜著傷害特效化為黃光而消失。

「不能持續射擊就發揮不了優勢嗎……啊，梅普露，再來看妳的了！」

「嗯！」

見到大量光束射來，莎莉將武器改為塔盾自保並遠離魔王。

隨後水底發生爆炸，梅普露取代莎莉，像砲彈一樣彈開光束之雨飛過來。

接著梅普露一把抓在魔王臉上，比莎莉更近，砲口貼著魔王放射光束。

「看招！」

當紅光貫透魔王後，其軀體在臨死前放出特別強烈的光芒，將四周照得通亮。倒下之際全身光芒隨之高漲，巨大魚龍瞬時爆散無蹤。

「呼……辛苦啦。」

「辛苦啦，莎莉！真是的，在【獻身慈愛】裡面打也沒關係嘛。」

「是沒錯，不過閃躲這種事不常練習就容易退化，而且牠還滿會跑的。」

水下活動時間又有限，當時是愈早解決愈好。

「你們都好快，要在水裡跟上你們很辛苦喔～」

「真的危險的時候，我還是會跑回去啦。」

「嗯！我會做好準備等妳回來的。」

「那就好。那麼，王掉了什麼？鱗片超亮的呢。」

遺落的鱗片接受了魔王臨死前的光，美麗地閃耀著白光，使得原本幽暗的水下視野變得相當清晰。

兩人四處張望，尋找能帶回去的東西。最後發現一疊白鱗，形狀與先前的不太一樣。

「這個可以拿走吧？」

「真的耶！好棒，好大喔！」

「畢竟王真的很大嘛。」

「要是那時候的也這麼大，就能早一點做出盾牌了。」

「喔，妳說蒐集鱗片那次啊。妳好像釣得很辛苦。」

「不能潛水也只能釣魚了嘛……不過現在有這種東西，可以跟莎莉一起打了！」

梅普露指著緊緊包住全身的潛水衣說。

「……呵呵，潛水衣萬萬歲。我沒想到梅普露也可以到水底下來呢。有需要的話，鱗片妳就拿去吧。說不定伊茲姊能用它來強化妳那套白色裝甲。」

「可以嗎？」

「我才剛拿到新裝備嘛。」

莎莉的裝備都是獨特系列，與強化無緣。梅普露也接受莎莉的好意，將鱗片收進道具欄。收起幾片發光鱗片後，兩人發現底下有其他發光物。

「還有東西？」

「好像是，全部收起來看看吧。」

兩人撿起所有鱗片，發光物的真面目也隨之揭曉。

是一團光。沒有實體，伸手會穿過去，但仍是能收進道具欄的道具。

「這會是什麼啊？」

「稀有道具嗎？好像只有一個……」

「可能喔！那莎莉妳拿！」

「咦，我嗎？我不用啦，給妳吧？」

「唔……全部都給我，很不好意思耶～都有鱗片了。」

如果連這都讓給梅普露，那麼莎莉這次的戰利品就只剩那一點點的經驗值了，感覺很吃虧。

「……其實我什麼都不拿也無所謂啦。嗯～那就先看看是什麼東西再說吧，如果是裝備就可以考慮一下了。」

「知道了！那我來看看。」

梅普露將光團收進道具欄一探究竟。

「呃……名字叫『天降之光』。這裡明明都是水，好奇怪喔。」

「……這樣啊？說明文怎麼說？」

「呃……從前天上的光什麼的。要看嗎？」

「嗯。」

莎莉探頭一看，所謂風味敘述的部分只有少量文字，不是裝備，和任務也沒有直接關聯。

「梅普露，我再問一次喔，妳還有其他奇怪的道具對不對？」

「呃……啊，妳說失落遺產？」

「對。這兩個都是隱藏魔王掉的，又像是稀有道具，說不定都有用。」

「嗯嗯嗯，原來如此。」

「第八階說不定有些什麼喔，下次就往這個方向找好了。」

「嗯嗯。」

「妳看，回傳魔法陣出來了，我們回去吧？待太久淹死就糟了。」

「啊！對、對喔！快走快走！」

梅普露在莎莉引導下踏上魔法陣，逃離水中神殿。

然後在游向水面的路上覺得好像忘了什麼，歪頭想了想。

「啊——！剛剛的稀有道具！莎莉！」

「啊，抓包了。好啦，妳就留著嘛。」

「吼喲……」

梅普露看著傻傻被拐而收進道具欄裡的「天降之光」，嘟起小嘴。

「抱歉抱歉。那我就陪妳繼續找能用這個的地方吧？不過我沒妳那種靈感，運氣又沒特別好，可能幫不上忙吧。」

「才沒有那種事咧！再說，雖然說我很歡迎……可是這樣的話……」

就等於又請莎莉幫忙了。見到梅普露欲言又止，莎莉稍微放慢腳步，說出自己的好處。

「妳想想，妳不是自己找到很多種技能嗎？」

「嗯！狗屎運而已啦。」

「所以我跟妳一起找，可以學到找技能的技巧哇。這樣就很賺嘍，這個遊戲有很多強力技能嘛。再來就是，我拿到的技能妳都不能用，可是現在妳拿到的我也能用了。」

現在莎莉有【立體投影】和【虛實反轉】，讓梅普露拿技能，整體戰力提升更多。在水中神殿也有效應用過了，梅普露也能快速理解莎莉的意思。

「好像……真的是這樣沒錯。唔，有種被灌迷湯的感覺。」

「哈哈哈，是喔？真的不用在意啦，我這樣就好……心滿意足了。要是妳真的放不下，下次就換我拿吧。」

「嗯！就這樣！」

「好好好，那就說定了。」

說好下次以尋找那兩樣道具的用途為目標後，兩人都先返回公會基地一趟。

◆□◆□◆□◆□◆

另一天，梅普露和莎莉在公會基地對話。雖說要為那兩樣道具找用途，但道具本身沒有提供其他線索。

梅普露將它們擺在桌上，思考究竟該怎麼辦，而今天照常出門探索的公會成員也在這時候回來了。

「喔，妳們也回來啦？嗯，那什麼？」

克羅姆第一個對桌上的物品起反應。

「都是梅普露找到的道具，我們在想會在哪裡用到。」

「梅普露找到的啊……完全找不到可能的地方嗎？」

「就是啊！我不能慢慢潛水，長時間探索會很累……到現在都還沒找到。」

「道具有名字嗎？」

「呃，這一盒是『失落遺產』，這團光是『天降之光』。」

「名字都好誇張喔……如果有地方能用的話，會不會在某個地方變成事件呢。」

「姊姊，妳有想到什麼嗎？」

「嗯……我好像沒看過哪裡可以用這種厲害的東西。」

「那麼名字就是唯一的提示了吧。我看過的石板裡，有幾片在暗示一些東西，說不定會對應到它們其中之一喔。」

「真的？」

「奏看過的那些自創文字啊……現在看過這些道具以後再回頭看，說不定能找出一些提示來呢。」

「嗯，可是不要太期待喔？而且我想，它們八成是要用在潛水衣強化到最後才能到的深度。」

【大楓樹】已蒐集了不少強化零件，但還要一點時間才能完全強化吧。

「嗯，知道了。那先跟我們說說那些暗示吧。」

「ＯＫ～關於那團光，天降的這個天呢，指的應該是沉入水裡之前，更低地區的人所認為的天。」

「啊，所以才會在水裡找到嗎？」

「可能吧，所以是以前算是天空的高處嗎……」

「理解得很快喔。那麼失落遺產呢，應該和這裡不時會見到的機械有關。」

「很可能喔。雖然沒第三階那麼多，這裡的水裡也不少。」

如同克羅姆所說，莎莉打過的地城的螢幕和光彈發射器等應該都是這一類。除此之外，也有不少地方能見到已經沒用的廢棄機械掛在岩壁或建築物上。

「對呀。能做的道具多好多，讓我好開心呢。」

「嗯嗯，所以就是要找很多機器的地方嘍！」

「不曉得是在哪裡……可能真的需要強化潛水衣吧。」

「石板說那都是古代文明，說不定很深喔。」

「如果技術都失落了，那就跟道具名字搭得上了。應該不會差太遠吧。」

「我們找零件的時候也會幫忙看！」

「我、我會加油的……！」

「謝謝大家！我絕對會找個厲害的回來給你們看！」

「梅普露這樣說……感覺有點恐怖耶。」

「我懂。」

「是啊，很恐怖。」

回顧她過去現的寶，稱得上「厲害的」有好幾個。公會成員能變強固然值得開心，但那些都是不管誰看了都會毛骨悚然的東西。

克羅姆、伊茲和霞三人各自反應時，得到提示的梅普露已經迫不及待了。

第四章　防禦特化與沉船

又過了一段時日，【大楓樹】八人總算都能潛入第八階所有深度，那麼要做什麼自然是不在話下。

「莎莉！終於什麼地方都能去了耶！」

「嗯，這樣就能知道到底有沒有我們要找的了。」

兩人要找的當然是那兩個道具的用處。

不用說，她們在蒐集零件的過程中也搜查過類似的地方，結果仍是一無所獲。雖無法否定藏得很用心才找不到的可能，但現在還是該以未探索區域為先。

因為那裡肯定有很多未知的東西。

「隨時可以出發喔！」

「既然妳沒問題，那我們就趕快走吧。伊茲姊的道具帶好了？」

「嗯！我帶了很多補氧氣的道具喔。」

「那就出發吧。最後也只能一個一個找，時間愈省愈好。」

莎莉走出公會大廳，照常在城鎮外拿出水上摩托車，讓梅普露坐後座。

「我抓好了！」

「ＯＫ！」

莎莉猛催摩托車油門，飛快奔過水面。

「要從哪裡開始找。」

「新區域最大的地方。其他小區域連續很多個比較難找，先擺後面！」

「了解。」

「而且現在要去的地方位置很高，所以最有機會，第一順位的感覺。」

「喔喔～！那就有機會一把就中嘍！」

「如果大家想得都沒錯的話。」

莎莉繼續飆了一會兒水上摩托車，查看地圖慢慢停下。

「就在這下面？」

「不，還要前面一點……妳看就知道了。」

莎莉催促摸不著頭腦的梅普露換上潛水衣，兩人一起跳水。現於眼前的依然是無垠的水與底下連綿的高山，以及其周圍風暴般瘋狂渦漩的水流。

水流附帶特效，很容易辨識，但那絕不是方便玩家從中間鑽過，而是表示接近就會被捲得亂七八糟，請不要過來送死的警告標記。

「梅普露說不定活得下來啦……要是出不去了，我也沒辦法救妳，自己小心點喔。」

「嗯、嗯，我會的。」

前不久才被水流修理過，梅普露也放棄接近的念頭。

「所以那邊不能走嘍？」

「其實我們就是要去那裡。」

「咦！」

才剛說過有多危險，梅普露都認定那裡是再怎麼樣都不該靠近的地方了。

「好像有方法能過去，我們仔細觀察水流吧。」

「嗯，妳已經知道怎麼走了？」

「現在還沒有裡面的消息，只知道入口大概在哪而已。」

「喔喔～！不愧是莎莉！」

兩人在稍遠處潛至水底，直接往山腳前進。原本的地面高度似乎沒有那麼強勁的水流，可以輕易接近。

「山這麼大片，說不定不只一個入口……可是現在知道的只有這個而已。」

兩人面前是通往山內的洞窟，不曉得裡面有沒有地方補充氧氣，外觀上是整個淹在水裡。

「感覺有危險就要趕快跑了，小心不要淹死喔。」

「嗯！希望路不會太長……」

她們就此齊步走向水中洞窟。裡頭光線經過調整，不會特別暗，視野良好。

兩人還不曉得地城和怪物長什麼樣，沒有使用獻身慈愛，先往裡頭走走看。

「咦？有東西？」

「有耶，不太明顯就是了。」

前方輕盈飄動的，是三隻彷彿全身都由水構成的史萊姆狀怪物。若不是輪廓顏色比周圍的水還深，以利玩家辨識，不然恐怕是很難看出來。

「那就先打先贏！」

梅普露啟動武裝，用大量砲彈一口氣攻擊所有怪物。

基本上小怪都會死在那樣的彈幕下，這次卻行不通了。

因砲彈殺來而進入戰鬥狀態的史萊姆突然把身體攤平，接下了所有砲彈。

砲彈沒有射穿史萊姆，將其身體拉扯到極限，然後在其復原的同時彈了回來。

「掩、【掩護】！」

梅普露將塔盾收到背後，迅速站到莎莉面前，用身體接下回彈的砲彈。

她不怕被自己的攻擊打中，但萬一誤擊莎莉就要出人命了。

「好像不用魔法不行耶。」

「呃……這樣的話……」

「妳不用毒我就不怕了。」

「我想也是～」

梅普露的攻擊手段主要是【機械神】【流滲的混沌】和【毒龍】，堪稱魔法的只有【毒龍】。而過去事實已經證明，在水中用毒會變成不分敵我的大範圍殺傷武器。

【暴食】當然可以不由分說地吞了牠們，但用這招對付小怪未免太吃虧。

「一般是可以用道具給武器附加魔法效果啦，可是那對機械神沒用……莎莉！」

「嗯，我來。」

沒有強迫自己獨力解決的必要。莎莉就是因此取得了形形色色的技能，好應付各種狀況。

「我跟妳一起走喔！這次不能像平常那樣在後面射了。」

「嗯，照老樣子。」

莎莉猛然加速接近史萊姆，梅普露隨即用【衝鋒掩護】跟上，為突發狀況做好萬全準備。

「【颶刃術】！」

在莎莉掌中渦漩的風刃急速擴大，以同時能擊中三隻史萊姆的路線射出。

這次攻擊沒有遭到反彈，直接劃開史萊姆柔軟的藍色身體，造成大量傷害。

「比想像中還脆……？除了會反彈以外都很弱嗎？」

莎莉不曾特地強化魔法，來到第八階已經顯得頗為無力，卻仍能對史萊姆造成嚴重傷害。可見牠們除了能完全反彈部分攻擊以外，其他能力都非常低。

不過牠們並不是只有反彈一個攻擊手段，三隻合力構成藍色魔法陣，射出大塊水團。

「【掩護】！」

梅普露看準那沒有穿透傷害，上前抵擋，水團在她身上爆開並產生衝擊。

這點衝擊對梅普露一點影響也沒有，可以保留【暴食】，等待莎莉下一步行動。

「這個怎麼樣？」

莎莉也在梅普露承受攻擊時迅速取出道具，捏碎手中水晶使武器附加雷電，並發動附加水屬性增傷的【水纏】，再度上前。

「【三連斬】！」

與魔法不同，一路強化至今的武器攻擊以閃電燒焦史萊姆的軀體，水屬性傷害更掃去牠們剩餘的ＨＰ。

「好，搞定！」

「比想像中更容易耶，反彈的時候還不知道會變成怎樣呢……」

「大概是跟其他怪物一起出現的時候要小心吧？只要用道具附魔，武器也能打出傷害的樣子，單獨跑出來沒什麼問題。」

「那我們就加快速度向前進～！」

「沒錯，動作是愈快愈好。」

「話說水裡原來也有史萊姆呢，感覺好像會溶掉。」

「真的。嗯～水裡的說不定比較稀有喔？」

在地上蹦蹦跳的史萊姆很常見，可是那體型似乎不太方便在水裡活動。其實這次遇到的，也只是順著水流漂而已。

「牠們會用水魔法，說不定是靠那個加速移動的。以前好像有過這種生物……」

「就像我用機械神飛的感覺吧！」

「對……吧？很類似。」

雖覺得移動時的畫面以及環境災害差很多，最後莎莉仍決定不去想那麼多。

接下來這段路上，兩人除史萊姆外還遇到許多各式各樣的怪物。有的是鳥，有的是四腳野獸，都是比較像棲息於地面的生物。或許是為了適應水中環境，特色是都和先前的史萊姆那樣，有一副藍色的膠狀軀體。

「第八階也有好多以前那樣的怪物耶！」

「說以前那樣好像有點語病……不過真的有為什麼水裡還有那種東西的感覺。」

牠們雖能在水中活動，用水魔法攻擊，卻不會像魚類怪物那樣快速游動逼近。

每種怪物都是憑藉地面生物的能力在水中生活，感覺很矛盾。

「動作慢是比較好打啦。」

「我也比較好反應！」

「對呀。」

既然怪物速度與梅普露相當，莎莉的動作便是快上許多。她現在都能以快過第八階怪物的速度在水中游動，這也是理所當然。

這使得兩人打得毫不費力，一路順利前進。儘管牠們的水魔法範圍廣，殺傷力又強，但對上梅普露一點意義也沒有，這些脆弱的怪物光是莎莉單獨來打也綽綽有餘。

「還好我不是一個人來……恐怕會一隻都殺不掉，頭痛得要死呢。」

「坦職本來就是和製造傷害的一起打最能凸顯價值嘛，基本上是單打會很辛苦才對。」

「呵呵呵！我對攻擊也有點自信喔！」

「真的不是白練的呢。」

噴毒叫怪物，用大量武裝蹂躪敵人向前進這種事，的確不是塔盾玩家會做的事。當然，能製造傷害對整個團隊都有益，就只是不那麼做的打法比較正常而已。

「可能再走一段就會出現新的怪物了，到時候就拜託妳啦。」

「嗯！子彈還剩很多喔！」

「大可放心了呢。」

莎莉和梅普露不一樣，戰鬥上並不是以有限次數的技能為中心。如此探索下來，兩人的資源並沒有消耗多少。

假如出現了肉體素質普通的魔王怪，相信可以將保留至今的技能毫不客氣地砸在他頭上。

繼續在水中通道前進了一陣子，兩人的眼盯住了一處有多條岔路的寬敞空間。小心踏進一步，沒有中魔王要出現的跡象，看來就只是個淺顯的分歧點。既然路還遠著，莎莉先查看梅普露的狀況。

「氣還夠嗎？」

「沒問題！……？」

「梅普露？」

梅普露不知哪裡覺得不對勁，敲敲潛水衣的胸部。

「怎麼啦？氧氣……數字上好像是沒問題呀。」

「感覺這邊有點熱熱的……？」

「……這樣啊？也不像有異常狀態的樣子。」

莎莉想一想，說出她的猜測。

「既然沒有傷害或異常狀態，又沒有怪物的動靜，說不定是提示喔？我都沒感覺，

所以有可能是妳的某個技能或道具起反應了。」

「喔喔～有可能喔！」

「不過……是好是壞就很難說了。」

「……？」

「那說不定是在警告妳前面有非常厲害的怪物，也有可能是在提示妳這附近有好道具嘛。」

就只是有提示而已，究竟是否該接近仍是未知數。

現在能確定的，就只有梅普露身上出現前所未有的變化而已。

「梅普露，妳覺得呢？」

「嗯……感覺像妳說的那樣，是一個提示。如果有哪裡反應比較強，就往那邊走走看吧？」

「搞不好有超強的怪物喔？」

「跟莎莉一起打就贏定了啦！」

梅普露笑嘻嘻地說得這麼肯定，讓莎莉不禁睜大眼睛笑了笑，露出自信十足的表情。

「也對，跟梅普露一起打就贏定了。」

「再說……這個不會熱得不舒服，應該不是什麼壞事吧……真的只是感覺而已……」

「是喔？妳的直覺是很準啦……」

於是兩人決定往反應強的方向游，繼續向前。

首先要從眼前這幾條岔路決定一條走。

「那我們就一條條往前一小段看看吧，說不定會有反應。」

「知道了！」

梅普露在莎莉的建議下往通道游一小段，感覺沒什麼變化而搖搖頭。

「應該沒變喔！」

「那就換下一條。」

梅普露就這麼沿著牆一條一條邊繞邊試，最後在其中一條通道前停下來歪起頭。

「怎麼樣？」

「嗯……好像有變熱一下下？」

「真的？」

「會是錯覺嗎？」

「再試一次不就知道了？先到旁邊去再站回來。」

「對喔！說得也是！」

梅普露往旁移動，回到同一個路口前專心感受。

「怎麼樣？」

「有變熱！」

「ＯＫ，那就往這裡走吧。」

有變化就表示這裡有其他路線沒有的東西。

接下來每條岔路似乎都需要這樣檢查再前進了。

兩人憑藉梅普露的感覺前進了一段，遇到下一個有許多岔路的大空間。要請梅普露感應時，中央劈哩啪啦爆出一團像光又像雷電的東西。

「……！」

「莎莉，好像有東西要出來了！」

「準備喔！」

梅普露舉起盾與武器，莎莉握緊兩把短刀以隨時發動攻擊。只見爆音與閃光逐漸收斂，出現一個懸浮在水中的立方體。

觀察這個看似由石頭組成的立方體時，其表面迸出幾道裂痕，分裂成好幾塊，裡頭露出核心般的藍光。

同時上方出現血條，進入戰鬥狀態般快速旋轉起來。

「好像跟魔像有點像耶？」

「那時候的？」

「嗯，材質那些。」

不只是石質相同，構造和色調也很接近，令人不禁猜想這裡與水中神殿有關。這麼一來，兩人要找的很可能就在前方。

「說不定中獎了喔。」

「真的？好～那就得好好努力才行了！」

「嗯，這一定是用來保護某種東西的。」

立方體果真是守衛，不輕易放她們走般迸出光芒，通往下一處的通道全被石牆封鎖，立方體周圍浮現魔法陣。

「準備好了！」

「謝謝！」

梅普露抱著隨時使用【獻身慈愛】的準備觀察對方動靜，發現身體隨魔法陣的光緩緩向左流動。

「不是攻擊……沒傷害！」

「這是怎樣……哇哇哇！」

魔王不是射出水團，而是使整個房間發生大規模變化。魔法陣使房間中的水隨魔王旋轉流動起來，不由分說地將她們往一定方向不停推擠。

「【開始攻擊】！哎呀呀，好難瞄……！」

梅普露以全身伸出的武器開始攻擊，但她幾乎都是仗恃其防禦力站在原地射彈幕，不習慣在移動中射擊敵人，打不出好傷害。

「幸好打核心以外也有傷害。我也要去打了，妳盡可能多砍一點！」

「知道了！我會把先前的份都打回來！」

一路上都是身體由水構成的怪物，現在終於來了個可以好好攻擊的對象。子彈還多得是，梅普露便把握機會猛攻。

「才這點水流……！」

莎莉不抵抗水流，反而利用它來加速，繞圓高速逼近。魔王見狀也從魔法陣造出水槍，但趕不上莎莉的速度。

「【三連斬】！」

一眨眼的工夫，莎莉在錯身瞬間以最能打出傷害的技能劃出六道深深的傷痕，並就此順流遠離。

「水流可以加速，反而方便呢。」

「莎莉好強喔！好，我也來……」

不太擅長瞄準射擊的梅普露為了擊中敵人，造出特大砲管對準中央。

然而在光束發射之前，瞄準莎莉射出的幾根水槍先順著水流射過來了。

它們似乎對同樣在水流裡的對手有一定程度的追蹤能力，莎莉還跑得開，梅普露就不行了。

「哇！等一下！」

「放心，看我的！」

莎莉迅速接近，在水流中調整姿勢停在梅普露面前，要保護她的武器不受水槍傷害。

「呼……！」

在水中疾揮的短刀藍光閃動，將路線會擊中梅普露的水槍全部擊落。

就算梅普露本人撐得住，武裝基本上承受不了攻擊，有保護的必要。

「莎莉謝謝！好～！【開始攻擊】！」

若無法精準射擊，用偏一點也打得中的武器就行了。梅普露就此朝中央射出眩目的巨大紅色光束，光束無視水流的影響，覆蓋一半立方體並貫透過去，撞上後方的牆引起爆炸。

「唔唔……有點偏掉了。」

「很夠了啦。妳儘管射，我在旁邊幫妳擋。」

「嗯！」

梅普露的武器在這裡正好能派上用場，莎莉便停止攻擊保護梅普露。

對方必須設法破壞梅普露的武器，但想突破莎莉的防衛網卻又十分艱難。她不僅能以短刀擊落攻擊，還能以【水牆術】等魔法製造牆壁，從各方向射擊也沒什麼用。

「好……瞄準一點！」

「不用顧我沒關係。」

「【開始攻擊】！」

結果直到接連放射的深紅光束將魔王完全粉碎，它也傷不了梅普露的武器分毫。

在立方體消失無蹤的同時，整個房間的水流也停了下來，恢復原來的平穩。

「其實不強嘛。」

「一般可能還是會苦戰一下吧……嗯，感覺不是特別難打。」

「有莎莉罩我的話，武器可以用很久喔！還有【暴食】呢！」

能保留大多技能就戰勝，主要是因為莎莉的存在。有她保護，梅普露才能不間斷地發射光束，武器也不受破壞，將消耗壓在最低。

「那我們繼續走吧，再來換妳帶頭喔。」

「好的好的～！」

兩人一路往有反應的方向游，發現怪物類型出現明顯變化。之前都是由水構成，現在幾乎是以石材或金屬構成的無機魔像類。

它們在水中也能靈敏地準確攻擊，還會靈活變換魔法和物理攻擊，但由於不會反彈攻擊，對梅普露來說就只是靶子而已。

「【開始攻擊】！」

「子彈全吃就死定了呢……」

「路這麼直又沒有水流，好瞄的咧！」

此時的她正以布展得毫不客氣的武器發射彈幕，將一隻試圖接近的魔像變成了光。

由於傷害不變，怪物強度卻會層層上升，漸漸顯得有點不足。然而正面闖入彈幕還能生還的怪物，目前仍是少之又少。

怪物並不弱，只是都無法威脅到她們，不特別計畫也能正面突破。

「好！這樣就沒問題了！」

「……一般人來打，都會被不習慣的水底環境和那些廣域攻擊搞到，可是對上梅普露就慘了……話說，既然這裡跟神殿有關，那邊的魔王說不定才是重點喔。魔王不一定每次都放在任務最後。」

「原來如此。」

兩人繼續從山的內部往上行進。都沒出去外面過，難以掌握實際位置，只確定高度正緩緩上升。

就這樣，梅普露和莎莉一個也不留地擊破出現在眼前的怪物，登上連綿的山峰之一環視四周。

起初遠觀時因水流特效而看不清的山頂看起來沒什麼特別之處，但是又平又寬，似乎遭受過來自上方的衝擊。

「感覺不太像山頂耶……從這裡不能直接到其他地方去，梅普露妳那邊有反應嗎……梅普露！」

莎莉回頭時，見到梅普露胸口發光而急忙看她有沒有事。

「我沒事！突、突然發光了呢……」

「是反應很強烈的意思嗎？這裡說不定有東西，妳到處走走看。」

「嗯！」

梅普露從邊緣開始走，不錯過任何一處地調查山頂。

莎莉跟在她後頭，準備在出事時緊急避難。山頂上沒有敵蹤，莎莉是認為應該不會有事，但眼前的梅普露竟毫無前兆地瞬間消失，嚇得她瞪大眼睛。

「咦……！」

這裡沒有傳送魔法陣，也沒有怪物的蹤跡，也不是能夠偷襲的地形。莎莉跑過去查看梅普露走過的位置，隨後見到有東西要憑空出現在半空中而急剎向後跳，看看那究竟是什麼。

「梅、梅普露？」

「啊！莎莉！沒事嗎？」

「唔、嗯。就只是一下下……也沒有怪物要出來的跡象。話說……妳那是什麼情況？」

莎莉眼前，是梅普露浮在半空中的腦袋。正確來說，是頭的前半像面具一樣掛在空空如也的空間裡，怎麼看都很詭異。

「妳可以到我這來嗎？手給我……來！」

她這麼說之後，手也跟頭一樣伸出來。那不像是以前的冒牌梅普露，她也不會什麼也不說就把莎莉拉進危險的地方。

「好哇，抓好了。」

「那就照這樣前進喔！」

莎莉聽梅普露的話向前一步，膝蓋以下便穿過看不見的牆似的消失了。可是沒有傷害，腳的感覺也還在，能感到它踏著另一邊的地面。

莎莉繼續向前走，穿過看不見的牆。只見眩目光芒傾注而下，使原本在陰暗水中的她反射性地閉起眼睛，習慣光亮後慢慢睜開。

「這是……」

「很棒對不對！」

現於眼前的是第八階其他地方都沒有過的地面景象。地上長滿花草，遠處還有動物在奔馳，甚至有陣陣鳥鳴。最大的不同是這地方並沒有淹在水裡，抬頭便能望見毫無遮蔽的天空。

環境也的確不在水裡，莎莉跟著梅普露脫下潛水衣。

「這個空間大概是跟外界隔開了吧，不像是傳送的樣子。」

「莎莉後面那邊好像跟外面連在一起喔！」

這點從梅普露探頭出去叫莎莉就能理解。

動物似乎也沒有攻擊性，只是注意到她們進入，沒有敵意。

「可是話說回來……有一個明顯奇怪的東西耶。」

「嗯，就是那個吧！長得好奇怪……」

除了與其他階層無異的地面景象與生物之外，這空間還擺了個令人無法錯過的東西。

那是一個雖然凋零破敗，但依然維持大致形體的大型木船。側面有個大裂口，遭到植物侵蝕而完全成了動物的居所。如果跳到甲板上從裂口進去，就能一探究竟了。

「光是不是又變強啦？」

「有點刺眼耶……」
變化表示她們正在接近某物。從這個氛圍明顯不同的地方來看，那個某物已經不遠了。
「總不能空手而回，進去看看吧！」
「那當然！」
兩人身上的有限次數技能都還有剩。既然資源尚足，只要不發生太誇張的事，她們就不會倒下，沒有在這時卻步的道理。
「要從哪裡進去？」
「走正式的入口比較好吧？那個裂開的地方好像不對……」
「那就走上面吧。用絲線也可以拉上去啦……可是有點高，能麻煩妳嗎？」
「嗯！糖漿，【甦醒】！」
梅普露叫出糖漿並【巨大化】，讓牠飄上空中。
沒怪物就不用急著爬上去，兩人坐在糖漿背上緩緩上升，逐漸看見甲板面貌。那裡同樣沒有怪物，只有在花草地毯上打瞌睡的動物。
「應該可以下去吧。」
「悄悄下去喔。」
梅普露降到甲板高度，跳上船後將糖漿收回戒指。

「趕快進去看看吧。」

「喔～！」

兩人踏下通往船艙的階梯四處查看。外側船身都爬滿了草，船內當然也長滿植物，本來應有的陳設早已不見蹤影。

「裡面好像也沒有怪物耶……總之還是小心一點。」

「謝謝！不曉得會有什麼呢。」

「有也是在最裡面吧。不跟其他房間或通道相連的地方。」

「來找找看！」

「嗯，找吧。」

船大歸大，能探索的部位仍然有限。只要隨梅普露的反應變化移動，基本上不會迷路。

找著找著，不久就發現了目標。

那是位在船中心，一面仍未損壞的雕壁，與梅普露胸前的光呼應般發出淡淡光芒。

「不像是……魔王的感覺耶。」

「我靠近嘍？」

「好啊。沒有敵人的動靜。」

梅普露就這麼大無畏地當著戒備的莎莉走近雕壁，用手一碰，梅普露身上的光猛然變強，照亮整個房間。
地面隨之轟隆作響，腳下的船劇烈搖晃。
看來不是山在搖，而是船本身因不明動力而開始移動了。
「哇哇哇！」
「船在動……？」
在看不見彼此的炫光中，兩人各自保持平衡以防跌倒。不久光輝消退，船也漸漸靜止不搖了。
「停、停了？」
「……可能動不起來了吧。妳看嘛，從外面就看得出來船已經壞得很嚴重了。」
「這樣啊……有可能喔。」
如果能開船回去，一定會是最狂的伴手禮，但看來沒有這種事。
「對了！梅普露，有什麼變化嗎？剛才搖那麼厲害，都聽不到系統訊息了。」
被問到道具或技能的變化後，梅普露便重新查看一遍。
「『天降之光』不見了，技能這邊……嗯，多了一個！」
「果然是這樣。所以是什麼技能，好想先看一下喔。」
當然前提是能在這裡使用。而技能性質也和關鍵道具的感覺類似，沒有什麼危險性，梅普露仔細看過效果後嘗試發動。

「【救濟的殘光】！」

宣告技能的同時，梅普露身上放出和先前一樣的強光，尖銳的光亮特效在她頭上凝聚成不同以往的光環。人變成金髮藍眼，背上長出四片白色羽翼，地面也發起光來。超乎想像的變化使莎莉睜圓了眼，湊過去查看變身的結果。

「跟【獻身慈愛】滿像的……進化型的感覺？」

「不對喔，兩個分開！妳看，【獻身慈愛】！」

梅普露繼續宣告技能，立刻又長出一對白翼，剛才的光環裡多出一個老樣子的圓形光環。

「有什麼效果？」

「我看看……提升範圍內隊友的異常狀態抗性，減少傷害，還會慢慢回血！」

「感覺像能動的【天王寶座】……那我應該是不需要吧。」

就算有減傷效果，莎莉一樣是一擊就死，甚至可說是不會有扣了血還能存活的狀況，回血效果對她沒有用處。

況且那和【獻身慈愛】一樣在範圍裡就有效，大多和梅普露組隊的莎莉沒必要特地重走整段路程來取得這個技能。

「對妳以外的人來說，疊幾個範圍型減傷就是強化很多了……可是妳直接彈開就好了呢。」

【獻身慈愛】配上她本身的防禦力，隊友就已經不會受傷了，實際上是用處不大。對於因不同理由而和莎莉一樣幾乎不用減傷或治療的梅普露而言，【天王寶座】也是只有封印能力有效。

「不過外觀上好厲害喔，更高等了的感覺。」

「翅膀變多了嘛！」

「如果能飛就更強了……」

「那可能要靠爆炸喔。」

梅普露嘗試拍動背上翅膀，但不像能夠振翅飛翔。

「也算是有收穫吧。技能就只有這樣？」

「呃，還有一個像【毒龍】的！然後……我就知道！【反轉重生】可以用喔！」

「這樣啊？」

「回去秀給大家看吧！技能也是大家都在會比較好懂喔！」

梅普露跟著讓莎莉直接看她內含的技能視窗。

「好像……真的是這樣。要用也是周圍人多的時候。」

「就是啊！」

「那就這樣吧。啊，新翅膀先收起來。雖然效果不強，可是在緊要關頭用出來，多半能暫時唬住對手。」

「嗯！要用得像絕招那樣對吧！」

「對對對。呵呵，很有概念嘛。」

「嘿嘿嘿～」

既然事情做完就早點回去。兩人聯絡線上的公會成員，請有空的人回公會基地後踏上歸途。

推開公會基地門後，其他所有公會成員都到了。

「大家都來啦！」

「很好奇嘛。真是的，妳也太快就有斬獲了吧。」

「好像會很好玩，好期待喔。」

「我們趕快去訓練場吧。要對其他公會保密對不對？」

「對。不讓別人知道，第一次用的時候可以唬住對方。而且梅普露就算沒這個新技能，對戰鬥也沒有影響……」

「很合理。所以說，這招是用來嚇人的嗎。」

「會是什麼技能呀……？」

「不知道，梅普露很難猜呢。」

她現在身上都有一堆不是人的東西，會得到什麼東西都不奇怪了。

「呵呵，看了就知道！」

八人陸續進入訓練場，等前面幾步的梅普露發動技能。

「先等一下喔～！呃，之後還要那個，所以……好，【快速換裝】！」

梅普露切換成白色裝備，補充所需ＨＰ。

「好～！開始嘍～！【救濟的殘光】！」

宣告技能之後地面發光，梅普露背上長出四片羽翼，頭上出現不同以往的天使光環。

「喔喔！是怎樣，很漂亮的技能嘛。」

「……你是以為會跑出怪物嗎。」

「不是啦，深海有很多長得很誇張的魚嘛。」

梅普露前不久才長出觸手，不曉得這次又會是什麼的六人紛紛嚴陣以待，發現那純粹是好看而已就鬆了口氣。

「在這個範圍裡面有減傷跟回血，對異常狀態的抵抗力也會提高喔！」

「這個效果……對經常用【獻身慈愛】的梅普露來說好像不太需要呢。」

奏也說出和她們一樣的感想。有了【獻身慈愛】，除了梅普露以外的人都不會受到異常狀態，廣域效果就顯得沒意義了。

「可是拿到新翅膀好像讓她很高興耶？」

「……也是啦，那就有價值了。」

說明效果後，梅普露請所有人接近她。

「還有其他的嗎？」

「這樣就表示……不只剛那個而已吧？」

「這就留到發動以後自己體會了！沒有危險的啦！」

所有人湊到梅普露身邊，確定都在【救濟的殘光】範圍內後，她發動了另一個技能。

「呼……【方舟】！」

宣告技能的同時，照耀地面的光突然變強，沐浴在強光中的眾人在幾秒後忽然飄上了天空。

「喔喔？」

「咦～真有意思，自己飄起來了耶。糖漿也是這種感覺嗎？」

確定所有人都到空中避難後，地下湧出大量的水，波濤洶湧地淹沒整個訓練場。場裡的假人都被浪濤推擠得亂七八糟，籠罩八人的光還持續變強，眼前都一片白了。

最後忽然有種往上一拉的感覺，八人回到水已退去的地面。只是位置不同，移到訓練場牆邊。

「好耶，成功了！」

梅普露背上的翅膀接著消失，其他變化也恢復原狀。

「好像沒什麼問題。」

「嗯，我想說跟大家一起打的時候用會很不錯！」

確定技能順利運作後，梅普露向大家解釋技能的詳細效果【方舟】只能在【救濟的殘光】發動時使用，會在等待五秒後浮起，以大量的水進行攻擊。然而這個攻擊頂多只是附贈，梅普露真正想實驗的是移動效果。浮起後，她可以和所有受到【救濟的殘光】效果的所有隊友一起轉移到直徑近二十公尺範圍內的任意地點。

雖然一旦使用【方舟】，【救濟的殘光】就會失效，對梅普露來說並不是問題。

「原來如此……只要有梅普露的防禦力，這個施法時間也不會是破綻吧。」

「還可以從隱蔽處傳到別人背後偷襲，在戰鬥中用水嚇人再繞背之類的……也可以用來避難呢！」

由於不能連續使用，不能真正改善梅普露的移動能力，但增加了戰鬥中的選擇仍是好事。

以大量的水遮蔽對方視線再瞬間繞到背後時，如果對方是第一次遇到這種狀況，偷襲成功率肯定不低。

「躲起來用的話說不定很有效喔，第一次遇到會慌吧。」

「水的傷害也很高耶！」

「旁邊的假人都……」

雖然那對移動比較感興趣的梅普露而言只是附贈，不過那突來的洪水也頗具威力，把試招用的假人沖得破破爛爛，相信能對防禦力低的對手造成足夠威脅。

「還有一個技能，等一下喔！【反轉重生】！」

梅普露將技能改寫成不同效果，並請所有人退開。

大家都猜到【反轉重生】的對象是【救濟的殘光】，便乖乖後退。儘管原技能對梅普露效用不大，但從她的外表變化能看出層級是相當高，反轉後多半也會有相應的結果。

「請退到範圍之外喔～！」

「範圍之外？很大耶？」

也難怪克羅姆這麼驚訝。【救濟的殘光】範圍和【獻身慈愛】一樣大，如果會發生不能待在這範圍內的事，肯定相當危險。

「【滅殺領域】——！」

梅普露宣告的同時，背上長出黑色羽翼，頭上出現放射暗紅光芒的光環。

身體周圍劈哩啪啦地迸射著暗紅電光，地面變得一片黑，有相同顏色的光在流竄。連身上的純白裝甲都被染得漆黑，全身氛圍一八〇度大轉變。從技能名稱和特效來看，踏進這領域的人顯然不會有好下場。

「梅普露！技能內容是怎樣？」

「我看看喔，會對進到範圍裡的所有人造成傷害，再附加異常狀態跟降低補血效果喔！」

也就是將原來的技能效果反轉，而所有人注意的是造成傷害這部分。

「所有人是不分敵我嗎？」

「對……好像是這樣。」

如果踏了進去，莎莉、麻衣和結衣都會當場死亡，再來ＨＰ較低的奏和伊茲也會灰飛煙滅。

「……都來到訓練場了，先看一下傷害有多少也不錯……好，這裡就讓我來試試吧。」

「也對。能從克羅姆受的傷來推想戰鬥中的效力。」

克羅姆是頂級塔盾玩家，應該不會一進去就死。既然在試招，不看看傷害有多少怎麼行。

「好，進去嘍！」

克羅姆一伸腿，光就順著身體爆開，ＨＰ下降。

「梅普露也能造成傷害，表示傷害跟攻擊力無關吧。應該不是撐不住。」

不過每隔一定時間就扣一次血，被動的回血技能又遭到減弱，ＨＰ仍是持續下降。

「哎呀，真的不能待太久，還滿痛的。」

「連克羅姆都打得動就真的能應用在實戰裡了吧。光是布下這個領域，法師就不得不退開了。」

「啊，克羅姆大哥，我還有一個想試！」

「嗯？好啦，妳來。」

「那就【獻身慈愛】！」

梅普露的四片黑翼之間長出白翼，地上多出另一個場域。在暗紅電光和白色柔光所照亮的訓練場中，梅普露再次請克羅姆進入範圍。

「這樣應該就行了吧……？」

克羅姆再度踏入領域，暗紅電光也再度襲來，卻因為【獻身慈愛】而由梅普露代為承受。

防禦力遠比克羅姆高的梅普露可以使自己的技能失效，取消了原本會對克羅姆造成的傷害。

所以梅普露能夠展開除了自己以外燒盡一切的領域並且保護隊友，構成純粹有利的範圍。

「喔！這樣就沒事了！其他人也可以放心進來喔。」

「也把這個編進戰術裡好了。如果梅普露能夠跳進法師堆裡，應該就能造成很大的損害。」

「突然掉下來真的很恐怖呢……」

「嗯，一定會嚇一跳。」

眾人就這麼對無差別殺戮能力更強大的梅普露未來成長寄望高度期許，為準備下次PVP活動，到野外去尋找能同樣強力的技能了。

870名稱：無名弓箭手
水下探索是吧～

871名稱：無名長槍手
之前完全沒做過這種事，好難搞。
【游泳】跟【潛水】都沒有。

872名稱：無名魔法師
好歹有潛水衣能穿。

另外還有加長氧氣的道具。

873名稱：無名巨劍手
水底下嘛。
戰鬥的感覺也很不一樣。

874名稱：無名塔盾手
莎莉已經技能滿級，游得很靈活喔。

875名稱：無名弓箭手
之前有哪裡需要練滿的嗎……？

876名稱：無名巨劍手
總之要先老實練技能吧。
手感不同的水中戰很新鮮，滿好玩的。

877名稱：無名弓箭手

幸好在水裡箭一樣能射。

８７８名稱：無名長槍手

話說梅普露呢？

她在水中很難打吧？能力值不夠就拿不到水中戰用的技能了。

８７９名稱：無名塔盾手

她玩得很開心喔。

如果會在意這種事，她一開始就不會防點滿了……

剩下的都是靠道具和加長氧氣的潛水衣搞定。

８８０名稱：無名長槍手

說得也是。

玩得開心就好。

８８１名稱：無名弓箭手

上次看到她，是在跟莎莉爽颯水上摩托車呢。

882名稱：無名魔法師

伊茲的補給線太強了。

水上摩托車都跟理所當然一樣。

883名稱：無名巨劍手

我也好想騎～

我們家的工匠遲早也做得出來吧？好期待喔。

884名稱：無名塔盾手

不曉得耶。

我對道具不熟，工房也是偶爾看一下而已。

885名稱：無名長槍手

她好像會用別人不知道的技術做道具呢。

886名稱：無名魔法師

你們有找到好東西了嗎？

887名稱：無名巨劍手
跟我剛說的一樣，還在強化階段。
如果碰巧遇到稀有事件卻沒氣繼續就欲哭無淚了。

888名稱：無名魔法師
有道理。

889名稱：無名塔盾手
要等技能和裝備都到位才能開始尋寶吧。

890名稱：無名長槍手
比空身潛水賭運氣穩得多了。

891名稱：無名弓箭手
可是那邊的塔盾手！先等一下！

你們公會都是直直下去就搞不好會找到寶藏的人啊！

892名稱：無名巨劍手
真的是這樣。

893名稱：無名長槍手
只是求穩也不行嗎……

894名稱：無名魔法師
不要跟那種東西比……

895名稱：無名塔盾手
我也會努力跟上她們的。

896名稱：無名魔法師
加油，
我也會努力找出一些厲害的出來。

首先要從習慣水中戰開始……機動力要贏過魚還滿難的……

８９７名稱：無名弓箭手
不是每個人都有梅普露那種彈幕嘛。
靠組隊用人數的力量去抗衡吧。

８９８名稱：無名巨劍手
等我撈寶成功再回來聊。

８９９名稱：無名塔盾手
好，等你的好消息。

玩家們就是像這樣紛紛以自己的方式潛入水中，尋找未知的技能、道具和地城。

第五章　防禦特化與失落遺產

場景來到現實世界。令人深刻體會夏季已到的強烈陽光下，楓在較為涼爽的早晨走路上學。

「啊，理沙早安。」

「早安，變熱了耶～」

「哈哈哈，夏天到了呢～」

時間過得很快，兩人開始玩ＮＷＯ以後已經過了一年半。

兩人邊聊邊走，話題逐漸移到共通的遊戲上。

「接下來要來找『失落遺產』的相關情報了。」

「嗯……不曉得在哪裡呢。」

「雖然現在只能耐心慢慢找，不過妳已經拿到大前提，進步比別人快很多了。別忘了，不知道道具的人就算找到位置也多半會直接忽視。」

兩人從「失落遺產」這名稱，猜想那是與機械有關，而沒有這道具的人連縮小範圍都做不到。

「我是第七階的活動拿到的耶……」

「地方應該在第八階啦。上次活動就是用來帶出第八階的感覺。」

「嗯，整個都是水嘛。」

「夏天到了，幸好是個清涼的地方。」

「待在第八階感覺就好涼喔。」

「是啊……一轉眼就第八階了呢。」

「世界愈來愈廣大了呢！」

「隨著新階層開放，之前的階層也有新增任務，我們再找機會回去看看吧。」

如同霞在第四階發現取得魔寵的契機，遊戲中有不少後續新增的任務。當然，與最新階層關聯的占大多數，但也有每階獨立的全新任務。

「還有很多東西沒被找到，能探索的地方多得是，時間再多也不夠呢。」

想一邊升級一邊探索，難免會希望有更多時間。每個階層都很廣大，任務也在持續增加，這也是理所當然。

「好棒喔～有好多事能做！唔唔……明年會沒有時間玩呢。」

「明年……就是啊。」

兩人都是學生身分，明年需要將時間集中到學業上，楓說得是一點也沒錯。而理沙的成績雖然沒有下降多少，家裡也會要她多用點功吧。

「……以後的事以後再說吧。」

「也對！」

現在還是夏天，晚點再注意這點也不遲。

「再說妳現在成績有顧好，應該沒問題吧？」

「是嗎？……那理沙妳沒問題嗎？」

「別看我玩很凶，自從那次以後我都有顧好，沒有掉下去喔。」

「喔喔～！那我就放心了。」

「哼哼，現在可以專心玩遊戲了。」

兩人就這麼邊聊邊走進學校。楓愉快地想像著下次會邂逅什麼樣的事件，理沙也看著楓思考未來，往教室走去。

◆□◆□◆□◆□◆

順利取得新技能的梅普露和莎莉繼續尋找更多技能，每天都騎著水上摩托車在水面奔走。

儘管強化潛水衣讓她們前往新區域時不再受限，也只是站上起跑線而已，要找的地方實在太多太多了。

「雖然有訂順序，可是到最後跟全找一遍差不多呢～」

「有廢鐵堆的地方很多嘛。」

下個目標是尋找「失落遺產」的使用方法。她們從道具名稱作推測，以各處沉積的機械等古文明遺跡為中心反覆探索，但遲遲找不到可能的事件或地城。

「都找過這麼多地方了……真的好難找。」

「希望今天可以找到，這裡也很有可能喔。」

莎莉停下水上摩托車，要梅普露看看水下情況。她也跟著將臉伸進水裡，見到遠處地面有個巨大裂隙。

水很清澈，遠遠就能看見好幾隻怪物在那一帶游動，而裂隙深處卻是一團散發深藍色的黑暗，看不清裡頭的樣子。

「……噗哈！莎莉，在那裡面嗎？」

「對。我是很想趕快過去，可是進去以後氧氣會降得很快。」

「所以到現在才來呀？」

先不說莎莉，梅普露是依賴潛水衣才能作水下探索活動，不提升性能很難繼續探索下去。

「目前不知道那裡有多深，所以還沒有人回報裡面有什麼東西。裡面整個都很暗，不管有什麼都很容易漏看，可是又不能慢慢搜。」

「唔，感覺好難打喔。」

「有好東西就好了。」

「嗯！」

兩人使用伊茲的道具，穿好潛水衣收起摩托車下水。

「到入口這段路上怪物很多，梅普露，靠妳了吧？」

「包在我身上！【全武裝啟動。】」

怪物多的情況，梅普露比莎莉更能打。她啟動各式武器，面朝下下沉，等怪物進入射程便一鼓作氣開始猛攻。

撕裂海水傾注的砲彈與光束之雨，一個個擊穿還沒注意到她的怪物，造成嚴重傷害。即使遇襲的怪物轉身準備反擊，從上方將怪物們納入射程範圍的梅普露依然有壓倒性優勢。

愈靠近彈幕愈密，等於是自取滅亡，但留在原地也只會被射成蜂窩。

「小怪果然不是梅普露的對手……」

「這一點怪物沒問題！我們快趕路吧！」

「嗯，現在沒時間浪費在多餘的事情上。」

兩人就這麼消滅怪物不斷下潛，順離抵達裂隙邊。現在的她們不會被正常野外地區的怪物困住。

「喔喔……好深喔。」

腳邊的巨大裂隙，充滿了彷彿攪入深藍顏料的黑暗，不是正常水底會見到的景象。上方海水是一片透澈，裡頭卻完全看不見底下，比水中神殿的隱藏通道還要暗。

「走嘍。氧氣減少的速度比外面快，要小心一點。」

「知道了！」

兩人點起頭燈，踏入裂隙。

腳立刻被黑暗吞噬，表示下面沒有地面，同時兩人沉入黑漆漆的水底。

「好暗喔～晚上都沒那麼黑耶。」

「真的很暗。除了頭燈照的方向，恐怕不管有什麼跑過來都看不見呢。」

甚至稍有不慎，就會和身旁的梅普露分散。

「那就……對，【獻身慈愛】！」

梅普露發動技能。光輝迸射，背上長出白翼。

「這樣就能保護莎莉又當信標了！」

梅普露上次作信標是抱著炸彈當煙火，這樣健全得多了。

「喔喔～一石二鳥呢。」

「再來要記得我們是背靠牆跳下去。只要順著牆往下潛，就能防止頭燈照不到的背後被偷襲了。」

「嗯！我會的！」

雖然有莎莉幫忙戒備，但風險當然是愈少愈好。

「這裡的怪物應該跟其他地方不一樣，小心一點。大概會利用黑暗來攻擊。」

「ＯＫ～！靠近了就打回去！」

看不見對方就不能像先前那樣以遠程武器先發制人了，不過那並不是梅普露和莎莉擅長的領域。兩人不是法師等後衛職，本來就是以近戰為主。既然有【獻身慈愛】，讓對方主動接近也不壞。

「真的有夠黑耶……」

「要是往中間去，背後就沒有牆了，好像會搞不清楚自己到底面向哪裡。」

「莎莉的打法需要動來動去，這樣很危險呢。」

儘管她能夠利用水下環境以立體路線攻擊怪物，在無法正確掌握自身位置的黑暗中，有可能會發生正在上浮卻自以為在下潛的情況。

「只要……魔王之類誇張的怪物跑出來，我盡量不主動攻擊。相對地……」

「嗯，看我的！」

「謝謝。怪物能忽略就忽略，沒關係的。我們的目的不是經驗值。」

「知道了！」

比起經驗值，氧氣更重要，她們要以最短路徑往最底前進。

這裂隙不只深，前後左右寬度也相當廣，但設置於牆邊的怪物似乎不多，兩人潛了一段時間都沒遇到怪物。

「真的有在前進嗎？」

「有往下的感覺，應該……沒問題吧。」

「喔，好像真的有在移動喔。」

暗成這樣，甚至給人沒在移動的感覺。不過兩人視線之前一團不同於頭燈的藍光慢慢浮現，使情況出現變化。

「那是道具還是事件啊？」

「那個沒有在動耶……梅普露。」

「怎樣？」

莎莉簡單下指示，梅普露聽了點點頭。

「真的……看的時候要小心一點！」

「嗯。這裡條件對我們不利，不一定能互相照顧。」

兩人抱持隨時後退的準備，小心翼翼地接近光源。

來到伸手就似乎摸得到光的距離時，什麼也看不見的黑暗忽然晃蕩，頭燈照出一大排尖牙。

「梅普露！」

「嗯！」

兩人迅速後退，大嘴吞掉了她們先前的位置。

「果然是用來騙我們過去的。」

「被莎莉猜對了！」

怪物能融入黑暗似乎是技能所致，當牠再度張嘴，身形就完全暴露出來了。周圍依舊黑暗，只有輪廓清晰浮現。

「像鮟鱇魚那種感覺？」

「概念上是吧。只要看得見，牠就死定了。」

莎莉蹬水加速，一口氣貼近大魚體側，揮砍兩把匕首。躲起來等獵物接近的鮟鱇魚行動遲緩，完全跟不上莎莉的機動力。

「【砲管啟動】！【開始攻擊！】」

那慢吞吞的動作說什麼也躲不掉梅普露的彈幕，接連發射的槍彈擊穿牠的軀體，沒能採取下個行動就化為光消失了。

「讚喔，梅普露！」

「這種怪物小意思啦！」

「看到奇怪的東西都要注意喔，說不定是擬態的怪物在等待獵物。剛才那種已經騙

不了我們了吧。」

「都知道了嘛。」

「可能一樣會有怪物直接游過來，還是要小心喔。」

「好～！」

又下潛了一段時間，怪物襲來時雖能嚇到她們，但現身之後就成了單方面的輾壓。兩人的戰鬥力都屬於較高的一群，若無法利用黑暗一舉予以痛擊，需要依賴隱匿的低能力值就會成為致命傷。然而想躲過莎莉的耳目並對梅普露造成傷害簡直比登天還難，這也是沒辦法的事。

「雖然過程很順利……可是……」

「好像離底還遠著耶～」

「氧氣還行嗎？」

「有在變少，可是有伊茲姊的道具和潛水衣，應該有機會～」

「氧氣快過半的時候講一下喔，不一定有魔法陣能回去……」

「嗯！」

現在是小心地下潛，若回程時只考慮上浮，時間應會縮短很多，不過保有出了事也能折返的存量下潛還是比較安心。

再潛一段時間，梅普露的【獻身慈愛】照亮陰暗的水底，顯現出一大片高聳巨石，稱為岩石森林也不為過。

「快到底了嗎？」

「除了背後的牆以外，終於有不是水的東西了耶！」

儘管眼前林立的巨石深不見底，總歸是至今不曾出現過的東西。兩人試著推一把，巨岩卻動也不動，似乎與地面相連。只要那不是以超自然力量懸浮著，水底應該是就快到了。

「……！梅普露，過來！」

當梅普露為下潛到了尾聲而鬆口氣時，莎莉忽然拉著她的手躲到岩石後頭。

「怎、怎麼了？」

「……有東西。」

梅普露相信莎莉不會誤判，迅速解除【獻身慈愛】。雖不知怪物是否能辨認光源，她至少是知道要盡可能降低被發現的風險比較好。

在重新降臨的黑暗中，兩人從岩石後頭稍微露臉，凝視黑暗的彼端。

那裡有團蒼白的光幽幽地穿過石林之間，光底下有隻眼睛慢慢地轉動，想必是在尋找獵物。

這隻四處遊蕩的巨獸，給人有別於普通怪物的感覺。

「好大一隻……」

「我們小心前進，別讓牠發現了。我想，那應該不是可以殺的，感覺跟魔王不太一樣……還記得嗎，就像第二次活動的蝸牛那樣。」

「啊！不能殺的蝸牛嘛？」

「對對對。」

強怪還能一戰，如果無法打倒，狀況就不一樣了。

「剛才跑得太快，說不定是我沒看到血條而已。不過我們本來就沒什麼時間，最好不要跟牠打。」

「嗯！偷偷過去是吧！」

「這個地形好像就是給我們這樣用的。靠近的時候我會注意到。」

「知道了，看妳的嘍！」

「嗯，看我的。」

這裡有很多石頭能躲，邊躲邊探索並不難。莎莉第一次來到這裡也能注意到牠接近，現在知道牠的存在，更不容易被牠不知不覺接近了。

將遊蕩的巨魚列入警戒對象再下潛一段後預感成真，總算是抵達海底了，接下來要到處尋找值得注意的事物。然而氧氣餘裕並不多，必須隨時注意存量。

「可以進去裡面找嗎？」

「總不能一直躲在牆邊，進去吧。」

兩人就此進入高聳的石林之中。莎莉警戒怪物，梅普露四處查看是否有類似道具或事件的東西，並做好以【掩護】抵擋突襲的準備。

「……在右邊。」

「那我們往這邊走。」

即使四周一片黑暗，只要不是像鮟鱇魚那樣完全融入黑暗，肯定會造成些許變化。不過梅普露看不出來，可見莎莉的搜敵能力的確不是每個人都辦得到。

由於不知道怪物發現她們時會發生什麼事，兩人極力避免戰鬥，而這也使得探索速度快不起來。

雖然是逼不得已，但時限仍無情地分秒逼近。

「梅普露，有找到什麼嗎？」

「沒有～什麼都找不到……這裡好大又好暗，說不定只是我沒看到吧。」

這裡不像平常那樣遠遠就看得見，若不是就近經過便很容易錯過。

「只好花時間多來幾趟了吧……」

「可是這樣真的很有尋寶的感覺耶！」

「……說得也是。那麼，我們就一直找到有寶物為止吧。這裡這麼大，又沒有什麼

情報，應該不會什麼都沒有才對。」

就算沒有需要滿足條件的隱藏事件，這片黑暗本來就是用來藏寶物的。

或許再找一陣子就會有收穫了，但在那之前，梅普露已經在自力尋找寶物的樂趣。見到她這個樣子，莎莉也不禁莞爾。

「不過今天我們再深入一小段之後就回去吧。還不曉得路上會遇到多少戰鬥，意外總是會發生在這種時候。」

「嗯，好吧。又要繼續強化潛水衣了……」

強化已經接近最終階段，幾乎是最高性能了，但還有一點強化的餘地。憑現在的潛水衣，在一般野外游來游去是完全沒問題。若以後要繼續到這裡來尋寶，勢必有加強活動時間的必要。

梅普露一邊查看氧氣一邊探索，直到時限到來仍一無所獲。

「唔唔，好可惜喔。」

「下次再來就行了。妳運氣不錯，說不定下次就找到了。」

「是嗎？真的找得到就好了！」

「那我們上去吧……等等！」

正想上浮時，岩柱彼端有個巨大黑影悄然現身。莎莉急忙拉著梅普露躲到岩石後，但不巧這裡比較開闊，兩人來不及躲藏，巨魚出現變化。

「莎莉莎莉，魚眼的光變黃了耶。」

「……警戒狀態？幸好沒有直接追過來……」

「紅綠燈的感覺？」

「大概是吧。用這種方式表示危險度還滿常見的，可能變紅就糟糕了。」

「……知道了。」

兩人悄悄說話，等待巨魚眼睛恢復原來的顏色而離去，然而遲遲等不到。原本足以安全上浮的儲備氧氣就這麼逐漸消耗。幸好兩人設想過這種狀況，情況並不緊急，但狀況仍持續惡化，開心不起來。

「就是不走耶。」

「我們現在沒本錢跟牠比耐心……不是硬著頭皮衝出去，就是找其他方法了……」

莎莉想法子時，梅普露也在思考自己有什麼能用的技能或道具。

「莎莉。」

「想到什麼了嗎？」

「如果讓牠完全看不見，牠會不會放棄啊？」

「嗯……不是不可能啦，妳要怎麼做？」

「妳忘啦，糖漿有【大地的搖籃】啊！」

兩人正位在裂隙底部，難得能在第八階使用這個可以潛入其腳下地面的技能。

「的確是可以試試看，不行的話再說。反正不是需要留給探索用的技能。」

畢竟這一趟已經是準備撤退了，把能用的技能都用一用也無所謂。

「知道了！糖漿，【甦醒】【大地的搖籃】！」

兩人在宣告技能的瞬間潛入地底。這樣雖能完全逃離巨魚視線，但效果結束後會怎樣還是未知數。

「成功了嗎？」

「不曉得耶，希望有用。」

不久技能失效，兩人被丟進原來水中的位置後立刻緊貼岩石，查看巨魚現況，結果見到的是依然懸浮在黑暗中的黃光。

「唔唔，沒用嗎。」

「可能是一定時間過後才會解除吧。梅普露，氧氣還剩多少？」

「已經扣很多了，呃……奇怪？」

「怎麼了？」

「補回來了耶，莎莉！」

「咦，真的？」

莎莉也來查看梅普露的氧氣，發現真的完全補滿，也跟著檢查自己的氧氣。

「我也補滿了。」

「真的喔？」

「……因為那裡不算水裡嗎。」

最有可能的，就是潛入地底這件事了，或者該說根本沒別的可能。之前都沒有腳踏地面，且需要使用這個技能的場面，都沒發現有這個效用。

「這樣就可以潛很久了！」

「雖然是預料之外，但這種好事永遠不嫌多。我們再觀察一下情況吧。」

「好的！」

既然解決了梅普露的氧氣問題，留下來多觀察一會兒也無妨。

兩人就這麼靜靜等待巨魚放鬆警戒，最後眼睛終於恢復藍色，回去巡邏了。

「喔喔～！」

「走掉了。呼……牠總算是死心了。」

「那我們繼續探索嘍！」

「氧氣都補滿了，省了一次來回的時間，能待多久就待多久吧。」

意外發現補充氧氣的方法後，梅普露和莎莉繼續前進。

穿過石林，她們在鋪滿沙礫的水底以岩石為掩護，觀察之前四處遊蕩的巨魚是否會接近這裡。看來牠的地盤就是那片石林，等了許久也不見魚的藍光。

「呼，應該是不會過來了吧。」

「被牠發現會怎樣咧。」

「不知道，八成沒好事。好奇的話，過幾天再上網查吧？可能會有人回報被牠發現以後會發生什麼事。」

「也對。」

「不只是自己體驗好玩，看其他人遇到什麼也很有意思喔。」

「那我下次就用這種感覺去查吧。」

梅普露查資料時都只看完所需技能在哪如何取得就走，其他的都沒注意。

「樂趣本來就不只一種嘛。」

「那一開始就請最清楚的莎莉告訴我吧。」

「嗯，我去找幾篇在事件或地城發生意外的故事給妳看。」

目前未知的威脅暫且遠離，兩人小花朵朵開地在黑暗的水中走過頭燈照亮的沙地。

「這裡比剛才那邊開闊很多，有東西也比較不容易錯過吧。」

在這裡遭受偷襲的機會較低，莎莉便專注於尋找事件上。這樣就很難錯過頭燈範圍內的東西了。

「好像沒什麼東西耶？」

「是啊，應該沒有漏掉什麼……？」

「莎莉？」

走著走著，莎莉感到腳尖有些微振動而止步，梅普露也注意到她的變化而回頭。

「怎麼……哇！」

隨後一股煙塵要吞噬梅普露似的捲起，一條形似海鱔的長魚從沙地冒出來。

「果然不是什麼都沒有啊……！」

「沒事沒事～沒有受傷喔！」

「ＯＫ！可是這樣……來了！」

海鱔將梅普露叼在嘴裡，往正上方游去。莎莉以頭燈掌握她的位置，對黑暗大喊。

隨後到處都噴發出同樣的沙塵，能輕易一口吞下她們的巨大海鱔蜂擁而出。

「受不了……怎麼尺寸都這麼大。」

兩人已拉開一段距離，使得海鱔一半追著梅普露跑，一半往莎莉這來。黑暗使她難以掌握確切數量，只知道四面八方都有敵人逼來。

「追得上就來啊！」

莎莉一蹬沙地快速上浮，提高專注力與海鱔的大嘴錯身而過。被那長滿尖牙的大嘴咬中肯定是不堪一擊，但只要躲開，那巨大的身軀就滿是破綻。

「喝啊！」

她利用能夠靈活上下移動的水中環境，從海鱔口部竄到體側，順著移動掃過匕首。

「這下很痛吧……再來！」

海鱔每次攻擊莎莉，身上就多出兩條紅線，並爆出傷害特效。

「只是仗著數量多，動作這麼大一點都不可怕！」

即使有黑暗作掩護，海鱔依然碰不到莎莉。若牠們全部同時攻擊，或許還有點機會，但牠們做不出那麼精簡的行動。

躲著躲著，大量深紅光束劃破黑暗傾注地面。

「海裡也會下雨啊……其實是光束就是了。」

海鱔將梅普露推到高處，反而給了她地利。朝地面放射的光束一路燒穿朝她簇擁的魚群。

接連不斷的光束之雨將海鱔全身燒得烏七抹黑，持續造成傷害。

除了隊友莎莉以外，這片領域內的生物都暴露在無法承受的傷害之下。

「這樣的話我光躲就行了！」

海鱔不強，交給梅普露就能全部料理乾淨，但【機械神】彈藥有限。目前仍不知裂隙有多大，會出現什麼樣的敵人。若莎莉不偷懶，繼續輸出傷害，並不會白費力氣。

在關鍵時刻耗光彈藥才麻煩。

於是莎莉以連斬累積傷害，梅普露從上方進行大範圍無差別攻擊，快速消耗所有海鱔的ＨＰ。

消解牠們的數量是需要一點時間，但算不上問題。

片刻，捱了較多光束的海鱔一個個耗盡ＨＰ，化為光而爆散。梅普露沒有特定瞄準誰，失血量大致均等，一隻死了以後其他的也接連喪命。

當死亡之光照耀著黑暗，高度抬升許多的梅普露頭燈光線漸漸下降。

「歡迎回來，打得很棒喔。」

「幸好打中了很多～上面看不太清楚，我好緊張喔～」

「身體那麼大，反而方便我們打。」

「嗯！哇……打死那麼多，好壯觀喔。」

由於怪物體型巨大又數量眾多，大片死亡特效閃亮亮地往下飄並依序消失。

「好像海雪喔。」

「啊，我好像有聽過！」

「其實海雪也不是這樣的啦。」

「不會再出來了吧？」

「這附近應該沒有了才對，感覺是全都跑出來了。」

莎莉的想法沒錯，沙地上的海鱔已經全部出擊。排除威脅後，能暫時享受一段掛保證的安寧。

「這附近好像沒東西了，我們再往前走吧。」
「不曉得這裡有沒有寶藏。」
「有也只能仔細找了。」
「加油！」
梅普露每走一步就看看左右，確定地上有沒有東西，率領莎莉向前進。
兩人在景色依然毫無變化的水中前進，拜中途恢復的氧氣所賜，探索範圍比預定大上許多。
「我們游了多少啦？」
「從地圖來看，正好是到了裂隙的正中央。我們幾乎是走直線，所以像邊緣或另一邊的牆之類，有很多地方還沒調查過。」
潛下來才知道，水底是由幾種地形組成，且特徵各異，就像兩人經過的石林區和沙地區那樣。
「沙地好像是以出其不意的攻擊為主，寶物大概是在其他區吧。」
「都是沙子嘛。」
「雖然有可能埋在沙子底下，可是根本無從找起。」
現在沒有標記也沒有依據，在這麼大的沙地瞎挖一通並不好。證明寶物不存在是極為困難的事，沒完沒了。

「怪物的話是沒什麼啦！」

「趕快離開這裡吧。既然已經破哏，下面的偷襲就不可怕了，我們也不需要經驗值跟牠們掉的東西。」

既然久留無益，兩人便一路擊退從腳下跳出的怪物，脫離沙地地區。接著在頭燈的照耀下浮現出來的，是一片岩質的堅硬地面。

「又是石頭？」

「地圖顯示我們沒有折回去，所以這裡是另一個區域。而且妳看，石頭沒有那邊那麼高。」

「真的耶，矮矮的。」

「這邊沒地方躲，不會有剛才那種怪吧……如果難度變高就另當別論了。」

「這裡沒什麼地方能躲，好像會比較辛苦……」

「總之小心前進吧。氧氣又少一截了。」

「對喔！動作太慢有可能來不及探索！」

兩人自知警戒過度沒有幫助，往新區域游去。除了嶙峋的岩石以外，地上還有些像是磚塊的東西，損壞得很嚴重。

「莎莉莎莉，這是怎樣？」

「好像有些被淹掉的遺跡耶，要花時間在這探索看看嗎？一直在趕路，收穫也會比較少。」

「贊成～！」

「不曉得這裡有什麼怪物，我先跟著妳喔。」

「好哇！我會努力保護妳的！」

「看妳表現嘍。」

兩人繼續尋找更進一步的線索，發現了許多古人的遺跡。有許多如今已破敗不堪，但原本材質堅固的物品仍維持明確的形體，留下當時的痕跡。

「這裡也有喔，莎莉！」

「地上東西愈來愈多，表示我們接近這個地區的中央位置了。」

平安順遂是好事。梅普露就這麼東游游西游游，忽然間，頭燈在黑暗中照出一樣東西。

「有房子耶！」

「雖然很破……但的確是房子。以前是城鎮嗎？」

這裡從前是城鎮的入口。掃動頭燈一看，幾乎所有建築都倒得差不多了，只有少數看得出原形。然而從那重重堆積的磚瓦，能看出這城鎮規模其實頗大。

「進去吧！」

「嗯，沒有怪物的動靜。」

都到門口了，豈有不進的道理。這裡遮蔽物比沙地多，兩人慎防著偷襲，往城鎮中游去。

「有能進去的房子嗎？」

「瓦礫底下好像沒得探索，房子才是主要的吧。」

「呵呵呵，我已經很習慣探索遺跡嘍！」

「咦咦～？真的嗎～？」

「還、還好啦。不過我是真的探索過很多喔。」

「嗯，多到以前都不能比了呢。說不定能聞出有祕密的氣息呢。」

梅普露順著直覺走就對了，莎莉便將探索全交給她。

她也是幹勁十足，從距離近的房子開始搜。

可惜將這些沒門沒家具，甚至連屋頂都沒有的遺跡都搜了一遍之後，卻什麼都沒找著。

只看得出幾乎所有一切都被這大量的水摧殘殆盡了。

「唔，什麼都沒有耶。」

「看下一間吧。」

「嗯，繼續繼續～！」

她們不會因為小試身手沒有收穫而灰心。要撤退也得等到找了又找也一無所獲之後再說。

莎莉也跟隨積極向前的梅普露，四處查看她是否遺漏了什麼。

都潛到這裡來了，說什麼都不願空手而回。不僅是為了梅普露，也是為了自己。

兩人游了一陣子仍不見怪物的蹤影，便稍微拉開距離，提升探索效率。當然，她們仍維持在可以看見彼此頭燈且聽得見呼喊的距離。

「梅普露～！有發現嗎～？」

「好像有喔～！」

「是喔，有啊……有嗎？」

梅普露答得很平淡，讓莎莉差點就略過了，轉頭趕緊往頭燈方向跑去。

「妳發現什麼了？」

「啊，莎莉妳看這個！」

「這是……石碑？的確不是一般的石頭。」

石碑被附近坍塌的磚瓦圍繞，又和周圍的水一樣黑，感覺和其他瓦礫中的石頭鋼鐵不太一樣。

「上面刻了好多東西喔。」

「應該是字吧……」

石碑似乎被瓦礫壓毀了一部分，並不完整，黑色的表面上有幾行奏上過一小堂課的古代文字。

「莎莉，妳看得懂嗎？」

「這個嘛……只有一點點，幾乎看不懂。」

「我也只有那時候聽他說過而已……唔唔，課上得太少了……」

兩人的腦袋都不差，但臨時學習未知的語言還是太困難了。

做得到的只有奏而已。

「「………」」

兩人互看彼此，知道只能這麼做而開啟視窗輸入訊息。

不久，收訊人奏傳來回音。

『這個發現很有意思耶。妳們應該還沒辦法讀，就讓我來幫忙吧。我把缺的部分一起補進譯文裡。城鎮中央好像有某種東西很重要所以封印起來，受到嚴密的保管。妳們就去找找看吧？等妳們回報探索的趣事喔。』

「幸好他回得這麼快……原來如此，封印啊。」

「會是什麼呢？」

若封印的是邪惡之物，勢必免不了一場戰鬥，那麼氧氣存量就很重要了。

「梅普露，能打嗎？」

「技能還剩很多！氧氣應該也還行！」

「那我們趕快到中央去吧。先跟奏說謝謝……好了。」

既然目標已定，兩人便將路線轉往城中央，周圍地區的探索以後再說。

兩人經常到城鎮裡逛的經驗，使她們很快就抵達城中央。

「就是那個嗎？」

「大概吧。」

那裡有個用同樣的黑石構成的建築物。雖經過重重封鎖，但那似乎是早在立碑的遠古時代，如今已被大量湧出的水破壞。入口門板歪斜得都快掉了，根本沒有門的功能，應該能從縫隙入內查看。

「從外面看起來，裡面好像沒多大，就進去看看吧。」

「這附近的怪物都很大，應該進不去那麼小的縫吧。」

兩人不認為縫裡有怪物埋伏，直接進去一探究竟。果然沒錯，沒有怪物跳出來，只充斥著寂靜。

房間只有五、六公尺深，看不見類似陷阱的裝置。

順著牆看一圈，只找到一個台座和上面的文字。

「……哇。」

「唔唔，奏幫幫忙喔～！」

現在臨時上課也抱不到佛腳，只好直接搬老師出來了。

奏早就料想到文字不會只有一處有，她們不久之後就會再傳訊息來求救，很快就送出回信。

「呃……文字是說要用對應屬性的魔法打每面牆一下喔！」

「都寫在這上面喔……這就我來吧，妳應該沒有那些魔法。」

梅普露能任意使用的只有毒魔法，解不開這種機關。或許能藉道具滿足條件，可是現在有莎莉在就不需要想那麼多了。

不管什麼類型的魔法她都能使用自如，足夠解開這機關。

「【火球術】！」

莎莉準備好魔法就對牆施放，火球擊中牆面而爆散，牆上隨之浮現紅色魔法陣。

「喔喔～！這是成功了吧？」

「是啊，其他也打打看。」

莎莉也對其餘牆面打出魔法。每面牆對應的魔法，奏都解說過了，想都不用想。

每面牆都如此浮現魔法陣後，眼前台座出現迸射藍光的裂痕且一分為二，在房中央構成球體。如電流般劈哩啪啦跳動的光線給人蘊含強大能量的印象，但目前的變化只有這麼多。

「……就這樣而已嗎？摸摸看？」

「可是那些電閃得好厲害耶……？」

「先發動【抵禦穿透】吧，我會做好第一時間補血的準備。」

「知道了！我試試看！」

【不屈衛士】還沒用掉，不管情況再糟都不會在逃跑前倒下才對。

於是梅普露依其宣言發動技能觸碰球體，接著地上布展同色魔法陣，兩人腳下迸出強烈光芒。

「掩、【掩護】！」

梅普露急忙保護莎莉，同時兩人被光芒吞沒，消失不見。

光芒雖然劇烈，發生的事似乎與過去沒有多大差異，只是傳送而已，兩人被拋進分不清東南西北的黑暗中。

「還好～感覺不太一樣害我緊張一下……」

「嗯～以前城鎮傳送都是這樣吧？」

「對眼睛很不好呢～」

「……這裡暗到什麼都看不見，可是好像沒有水。」

「啊！真的耶！」

梅普露動動手腳，果真沒有水中的感覺。試著一跳，落下的感覺和地面上一樣。

「那就先把潛水衣脫掉吧。」

「多少有限制到視野，先脫掉好了。」

兩人脫下潛水衣，用頭燈重新查看黑暗。

「地板很堅硬，用剛剛的石頭做的。」

「我們是在房間裡面嗎？看不見天空。」

雖有空氣，但抬頭見不到任何星光。既然地面是人造物，比較可能是建築物內部而非洞窟。

「我們就走到碰壁為止吧？這樣就大概知道房間多大了！」

「好主意，就這樣吧。目前很安靜，在有東西出來之前了解周遭環境滿重要的。」

於是兩人先向後退。過去傳送之後大多是與魔王面對面，所以往反方向移動。

結果背後沒幾步就是牆。由黑石建造的堅固牆堵上沒有門，似乎出不去。

「好像傳送到房間邊緣了耶。那麼另一邊……」

「可能有東西？」

「嗯，感覺有點像是打魔王。」

「對呀！要小心一點……」

儘管沒有立刻襲來，前方仍很可能有東西潛伏著。房間感覺很大，跟過去不知進過多少次的魔王房形狀很類似。

無論如何，若對方真是敵人，希望能有足夠時間做好準備。

兩人這次橫向移動，想確定空間有多寬。腳步聲同樣在無聲的黑暗中陣陣響起，她們又平安無事地抵達另一面牆。

「滿大的。」

「呃，這麼大就表示……」

「魔王可能很大一隻。」

基本上，房間尺寸與魔王體型成正比，不然動作會嚴重受限，這也是當然的。

而且現在不在水中，魔王的可能類型一下子多出很多，事前又沒有任何資訊，很難猜想。

這多半會是一場沒得推演，需要直接從魔王長相推測其能力的戰鬥。

「確認過另一邊長度以後，就要往前走了。」

「要做好準備，隨時應變喔。」

「嗯！」

兩人繼續往橫向的另一面牆走，確定那裡同樣什麼也沒有後返回中央轉向正面。

「走嘍？」

「準備萬全！隨時可以出發！」

她們保持最高警戒向前邁進，房間也像是起了反應，逐漸變亮而展露其全貌。

之前走動的位置的確是房間邊緣，正面有數十公尺之深。

過半後的牆腳處堆放了大量水晶、岩塊，以及第八階所見不到的植物等像是材料的東西。

「倉庫？」

「是的話也太亂了點……最顯眼的是那個吧？」

「就是說啊！」

梅普露手指的是每邊約有兩公尺長的黑色方塊。

方塊以不明力量懸浮於空中，與地上雜亂的其他材料氛圍明顯不同。

「可能跟之前水裡那個很像喔？」

「那種的怪物攻擊方式就那幾種，會做的事應該差不多吧。」

水中的方塊是用水攻擊，而這裡沒有水。兩人猜想著黑色方塊會如何攻擊並接近一步時，對方起了反應。複雜的藍線跑過其表面，像傳送之前的台座那樣分為兩半。

「要來嘍！」

「嗯！」

方塊在戒備魔法攻擊的兩人面前猛然分開，中間出現許多以相同材質構成的石柱。

石柱聚成一束旋轉起來，劈哩啪啦地積蓄能量，一口氣射出大量光彈。

「加、加特林機槍？」

「【掩護】！」

梅普露站到莎莉面前並將盾收到背後，用身體承受光彈。雖然沒有傷害，但爆個不停的特效甚至讓她看不清前方。這挺槍的射速更甚於梅普露的武器，一般人沒躲開就會瞬間變成蜂巢。

「跟我想的不太一樣耶，莎莉！」

「還以為會更有奇幻色彩呢……！」

由於彈體和槍體都不是正常的槍，子彈會不會耗盡還很難說。

「……我們再觀察一下！」

「知道了！完全沒受傷，放心！」

莎莉認真注視方塊射出的光彈幾分鐘後點點頭，表示沒問題了。

「放心，我躲得掉。我來吸引注意，妳趁機打它。」

「看我的！」

都說躲得掉了，梅普露也不會去懷疑。她比誰都了解莎莉的閃躲能力。

「【快速換裝】……那我走嘍！」

「加油喔！」

莎莉跳出梅普露背後衝向方塊。她們都還沒出過手，方塊的目標便直接轉向接近的一方。

光彈緊跟在莎莉一步之後，但就是追不上這些許的距離，射的都是前一瞬的位置。不愧是宣告躲得掉而出擊的人，對雙方速度的計算是一點也不錯。

「【水道】！」

方塊是浮在空中，比水中更不容易直接予以痛擊，於是莎莉搬出終於派得上用場的水流高速游近。

既然沒水，自己造就行了。

「【精準攻擊】！」

她在錯身之際刺出短刀，只見方塊表面藍線閃爍，張開護壁。

「刺進去！」

莎莉順著技能動作以短刀戳刺護壁，剎那間護壁啪地一聲發生反應，但短刀依然暢通無阻地刺中方塊，削去一截ＨＰ。

「沒被擋住……所以那是什麼？」

那給莎莉一種難以言喻的怪異感受，她卻不能停下來作確認。

不停移動是閃躲機槍的絕對條件。若不保持在最高速，就無法按照計算徹底躲開。

「【開始攻擊】！」

莎莉砍一刀就順水離開，梅普露的槍彈接著射來。雖然射速不比方塊的機槍，攻擊範圍卻在它之上。幾乎不會動的方塊逃不出那範圍，被大量槍彈正面回敬。

那和莎莉攻擊時一樣，在薄薄的護壁上射得劈啪作響，並射傷方塊的表面。

「有效耶！」

「傷害不錯，可是……」

莎莉注意到方塊經過梅普露大量槍彈的洗禮而發生的變化。血條底下多了一根沒見過的計量表，隨失血而逐漸增加。

「梅普露！有看到那一條嗎？」

「呃……嗯！看到了！」

「它受傷的時候那條就會增加，小心一點！」

「知道了！」

在不知那表示什麼的情況下，最好小心為上。無論是好是壞，既然需要將魔王的血條削減為零，就不可能不讓那條計量表累積。

所以只能正面抵擋對方所做的一切來取勝了。所幸兩人的能力足以面對這種場面。

看起來很硬的方塊在梅普露的槍彈下受了不少傷，但距離消滅還遠得很。儘管外型類似水中方塊，等級卻在中魔王之上。

「那條差不多要過半了？」

莎莉緊盯方塊的動作，為接下來的變化作準備，並閃躲著機槍反覆進行打帶跑戰術，不時查看目前最令人掛意的神祕計量表。

正因如此，她才能在起起落落的特效與掃射之中注意到計量表忽然減少。

「梅普露！」

「……！【衝鋒掩護】【掩護】！」

兩人喊一聲就取得聯繫，梅普露趕到莎莉身旁，同時額外增加的兩挺機槍一左一右地帶著閃光與爆風襲來。

「【獻身慈愛】！」

面對新出現的攻擊，梅普露即刻發動更有效的防禦並抱住莎莉，以自爆強行脫離。

「喔喔……！讚喔，漂亮的判斷！」

「嘿嘿嘿。哎喲，好像有新東西？」

兩人往方塊望去，發現多了兩顆小方塊在本體周圍旋繞。相較於魔王中央的石柱束，小方塊上方各飄浮著一個帶棘刺的球狀物。

「是炸彈嗎？從剛才的感覺來看。」

讓莎莉去躲避能大範圍殺傷的炸彈，風險未免太高。

「那就讓我來保護妳！」

「謝謝，那我就來保護妳的武器。」

【獻身慈愛】保護不了梅普露的武器，所以她們現在經常使用梅普露保護莎莉，莎莉成為另一面盾的打法。

「而且東西又變多了。我想，那是用它消耗隨受傷集的氣生出來的。」

「真的耶！」

見到計量表降低，梅普露也了解了狀況。在魔王ＨＰ到底之前，不曉得還會生出多少武器。

再加上魔王基礎防禦力偏高，那護盾又會減少傷害，轉換到另一條計量表。這些因素使得魔王的持久力是超乎想像的高。

「好像會打很久耶。」

「不是在水裡就不用怕了！」

「真的。如果泡在水裡，它應該也壞掉了吧？」

既然情況有利，就不需要多想。先不說莎莉，梅普露還是比較擅於在地面戰鬥。

「我會稍微站前面一點，妳放心！」

進。

「目前好像都沒有穿透攻擊呢。」

勝負現在才開始。兩人再度擺好戰鬥架勢，為縮短一度拉開的間距再度往魔王邁進。

梅普露以【獻身慈愛】鞏固防禦，並發動【救濟的殘光】做好逃生準備，單獨扛下機槍與炸彈的攻擊，將莎莉護送到可以安全行動的範圍內。

「梅普露，妳也要注意集氣條喔。武器會變多，妳應該懂吧。」

「了解！」

梅普露進入射程，造出幾管巨大光束砲，壓低重心指向方塊中央。停留下來，使得機槍和炸彈都襲向了梅普露，但這裡有莎莉擋在前面。

「【高壓水柱】！」

莎莉從地面噴出大量的水彈開炸彈，隨後將武器變為塔盾抵擋機槍射擊。

「【開始攻擊】！」

梅普露所造出的光束砲噴發紅光，正中紅心。對方沒有盾牌也沒有護衛，這也是理所當然。

光束命中的同時，魔王下方的計量表上升，到了一定長度就消耗掉，造出新武器。

「好長的管子！」

「大砲之類的吧……外型很像，看不太出來。」

兩人持續攻擊並觀察狀況，只見長管射出雷射筆般的細光直指梅普露的額頭。

「是狙擊……！」

莎莉說完前轟聲迸響，彈頭以無法迴避的速度擊中梅普露的腦袋，將她彈向遙遠的另一端。從【獻身慈愛】和【救濟的殘光】技能特效沒有消失，彈飛時也沒有傷害特效來看，那只有一次傷害，且【不屈衛士】沒有消耗，莎莉對她喊一聲便將注意力移回前方。

「沒事的話就繼續射！」

就算是莎莉，也沒有東張西望還能躲避那一擊的本事。而且能否抵抗那一擊，將決定莎莉是否能在自由行動的同時，持續削減魔王尚餘許多的ＨＰ。現在有【金蟬脫殼】能用，可以一試。

「好……」

莎莉見到方塊上方的管子開始積蓄能量後向後跳。

短短一瞬間，機槍為追上莎莉而變更角度，出現些許延遲。那是莎莉即使停頓了也不會被追上的短暫攻擊破綻。

方塊想填補這破綻，莎莉則是利用它引誘方塊。轟聲一響，槍彈撕裂空間逼向莎莉，但事前射出的雷射瞄準光斑已經告訴了她射擊位置。

「喝啊！」

在時間流動變得遲緩，甚至靜止的感覺中，莎莉的眼確實逮中了子彈。以半憑反應，半憑預料揮出的短刀以橫向劈得槍彈火星迸射，將其射線從額頭偏開。

以武器抵擋槍彈，使得莎莉受到擊退效果作用而向後彈開，不過她仍成功凌空調整好姿勢，安然落地。

速度驚人的子彈就此彈往莎莉左上方，在牆上擊出巨響。

「成功了……！」

當一瞬的攻防結束，壓縮的感官時間復原後機槍立刻襲來，莎莉再度起跑。

「彈是彈得開……但這種事還是交給梅普露好了。」

莎莉趁機槍掃射的間隙瞥梅普露一眼，她果然是平安無事，除武器碎了一地之外毫髮無傷。

「莎莉對不起——！還好嗎？」

「嗯。妳被那種東西直接打到還沒事，真夠硬的。」

「下次我一定穩穩擋下來！」

既然有預兆，梅普露只要準備好就接得住。無論是用【暴食】吞下去當作沒發生過，還是用【沉重身軀】硬擋都行。反正沒有傷害，離最壞的情況遠得很。

「妳儘管射吧，這樣削血最安全。」

「ＯＫ～【全武裝啟動】！【流滲的混沌】！」

「【颶刃術】【火球術】！」

面對布下重重防護網而單方面猛攻的兩人，魔王依舊沒有能夠傷害她們的手段，只能任ＨＰ不停削減。無法反抗的怪物，根本拿她們沒轍。

只要克制得了就能大肆輾壓，這就是她們偏門能力的特徵。

「……一下多兩種出來了！」

「小心那兩個就好！」

一個飛到她們上方，另一個停在身體高度，兩人立刻加強戒備。隨後見到新增的裝置射出粗大光束，橫掃房間兩端。

「哇！」

「哇，動起來了！鑽過去或跳過去！」

「我、我哪有辦法啊～！」

這裡需要算準時機跳過橫掃房間的光束，但對於梅普露來說很困難。她的飛行方式難以執行這種小動作。

「那就……」

「……知道了！」

光束逼近的同時，莎莉以塔盾抵擋機槍，並對梅普露出了個主意。

要用這一步結束這場拖長的戰鬥。

梅普露接受提議炸毀武裝，以爆風一口氣躍上空中躲開光束。但方向不是正上方，是斜前方。

有擊退效果的狙擊槍仍在蓄力，而機槍雖能破壞殘存的武器，卻無法拒絕梅普露接近。

「【水底的引誘】！」

人肉砲彈命中前一刻，梅普露將一隻手變成觸手，猛然張開包住方塊。即使經過護壁減傷，也仍有大量傷害特效從觸手縫隙間爆出來，活像捏爛多汁的水果。

「很有用耶！再來……【砲管啟動】！」

梅普露一手抓住方塊，另一手變成巨砲，直接抵在它身上發射光束。紅光混雜著傷害特效噴發，飛快削減魔王的ＨＰ。同時計量表也急速累積並產生衝擊，將緊貼著它的梅普露彈飛。

「哇！啊～！只差一點點了耶！哇啊！」

摔在地上的梅普露直接受到機槍和狙擊槍的追擊，全身沐浴在貼近地面掃動的光束中滾到莎莉身邊。

「……可以當妳沒事吧？」

「嗯！」

「謝謝妳活力充沛的回答。」

梅普露說只差一點不是說假的，看起來再添數擊就能擊敗這個魔王。但在兩人行動之前，魔王消耗了大量累積的計量表，放出前所未有的強光。

當光芒停止，方塊中央的加特林機槍已經消失不見，變成將近十倍粗的大管子。在不知情的人眼裡，只會以為是石柱，不過她們都知道那一定是威力強大的大砲。

大砲在生成的同時開始蓄力，魔王張開重重光盾保護大砲。

「怎麼辦啊，莎莉！」

「最好是在它發射之前幹掉它！可是……」

威力與範圍都不明朗，只知道這一擊肯定是最後的絕招。

能在發射之前解決它當然是最好，可是加強過的防禦力有多硬也是未知數。

無論和之前一樣化解掉再反擊，還是一口氣上前猛攻，都有弄巧成拙的風險。

「那莎莉，這樣怎麼樣？」

這次反過來換梅普露提議，莎莉聽了點頭贊成。

「好哇，那我們先等它開砲。就相信妳的技能和防禦力了。」

「嗯！沒問題！」

這裡有梅普露在，與其妄加攻擊反遭拆散而難以保護，不如待在一起來得穩固。

既然梅普露的防禦力和【獻身慈愛】能夠零風險地使房裡滿天飛的攻擊失去效用，等到開火那一刻都不會有事。

「差不多要射了吧！」

觀察情況的莎莉見到凝聚於砲管中的光忽然變強，認為那是發射的預兆。

「為安全起見……【抵禦穿透】【不壞之盾】！」

梅普露發動技能以對抗直擊，解除觸手架定塔盾。短短一瞬間之後，魔王發出準備完成的尖響轟然擊發，白光幾乎淹沒整個房間。

這瞬時結束的攻擊過後，被燒得乾乾淨淨的地上沒有她們的身影，只剩一大灘水。

而那並不表示兩人遭到擊敗，也不是房間損壞開始漏水。

「時機完美！」

「嘿嘿嘿，計畫成功了！」

兩人出現在魔王正上方。她們是在砲擊的瞬間使用【方舟】傳送，以毫釐之差躲過了攻擊。

梅普露說的為安全起見，即是這招失敗時的保險。

魔王為使用絕招而犧牲掉了追著她們射擊的機槍，其他武裝也無法立刻攻擊，眼前只有絕佳的攻擊機會。

「梅普露，我們上！」

「ＯＫ～！」

「「【砲管啟動】！」」

兩人各使一手變成巨大光束砲，砲口對準就在底下的方塊。既然對方打出了絕招，莎莉也禮尚往來地用【虛實反轉】使攻擊實體化。

「「【開始攻擊】！」」

兩人發射的光束混為一體，以不亞於魔王的火力破壞其護盾，燒到它完全停止。

擊敗魔王而成為自由落體時，莎莉調整姿勢抱起梅普露，在空中製造踏點走下地面。

「嘿、咻！」

「謝啦，莎莉！」

「嗯，辛苦了。那現在……有點怪怪的。」

「咦？……啊！那個魔王還在！」

一般怪物都會化為光而消失，停止動作的方塊卻依然留存，只是掉了下來，埋在材料堆裡。

戰鬥也已經結束，莎莉以【立體投影】與【虛實反轉】製造的機械神武裝都消失不見，服裝外觀也恢復成她以【快速換裝】切換的帶著黃色多邊形的新獨特裝備。

「有很多東西可以調查，我們仔細搜一遍吧。再來一次太花時間，而且還不一定能進來呢。」

「也對。」

非一般野外的地點，幾乎都設有特殊的進入條件。經常有人以為步驟都重複一遍了，卻因為未知的條件而無法重返舊地，所以有必要探索到沒有懸念為止。

於是兩人擱下主要目標，先將周圍滿地的大量雜物中能收的都收起來。

「嗯～梅普露，妳那有東西嗎？」

「沒有的樣子～！都沒有能撿的東西～！」

「真的就只是擺氣氛的啊……全部仔細搜一遍也太久……」

兩人大致掃視一遍，到頭來沒有任何能收進道具欄的東西。不過知道其他地方不用找以後，就能把心思都放在眼前的魔王本體上了。

「不會又爬起來吧……？」

「應該沒這種事吧。妳看，我們來的那邊有魔法陣了。」

「真的耶，那我就放心了。」

魔王已經不是一開始的方塊，而是戰鬥時那樣從中漂亮地分為兩半。

「把那個拿出來吧，搞不好有反應喔。」

「嗯！長得滿像的嘛！」

梅普露從道具欄取出「失落遺產」。那巴掌大的小黑匣就像是迷你魔王，外型幾乎一模一樣。

「我靠近看看喔……哇！」

梅普露一將「失落遺產」拿近魔王，匣體表面就竄起數道藍線，啪鏗一聲帶著震動跳出她的手。伸手想撿時，它與曾為魔王的巨大方塊產生共鳴般發出聲音。

「梅普露！」

莎莉感到有危險而拉開梅普露的下一刻，分成兩半的方塊將掉在地上的「失落遺產」夾在中間合而為一了。

「謝謝，差點被它夾到。」

「先小心一點吧。」

「好的！」

見到魔王的遺體又動了起來，兩人都不敢否定另一場戰鬥的可能。實際上，她們也曾攻略這樣的地城。

然而這份憂慮似乎是多餘，方塊放出強光愈縮愈小，最後變得和它吸收的「失落遺產」一樣大。

「不像吸收……像是被吸收耶。」

「合體的感覺？」
「比較像是這樣。」
強光也退了，梅普露便撿起它查看。
發現道具名沒變，只是多出一項技能，種類也變成飾品了。
「好像可以裝備了！」
「喔喔～不錯耶。飾品是比較卡啦……什麼內容？」
梅普露開啟視窗，往旁挪一步跟莎莉一起看效果。

「失落遺產」
【古代兵器】

【古代兵器】
持有者攻擊或受到攻擊時會累積能量。
藉由耗用能量，可將此裝備改變型態，作武器使用。
若一定時間內沒有累積能量，能量將逐漸減少。

「就是剛才那個魔王用的嗎？消耗的不是ＭＰ，是能量耶。」

「裝起來試試看？」

「也對，直接看比較好懂吧。」

梅普露取下一枚戒指飾品，裝上「失落遺產」，接著她身邊飄出一顆黑底藍線的可疑方塊。

「隨便攻擊看看。」

「【砲管啟動】【開始攻擊】！」

她跟著往沒人的地方狂灑子彈，可就是不見能量條上升。

「奇怪？」

「……好像不能虛打，換被打怎麼樣？」

「那就用炸彈！」

梅普露馬上就在自己腳邊擺炸彈，毫不猶豫地點燃引線，不久她整個人包在大爆炸的烈焰裡。

她當然是知道不會受傷才這麼做，但莎莉還是不禁繃緊了面孔。

「莎莉！它往上爬了！又掉下來了！」

「基本上是在戰鬥中用的吧，一般應該是靠被攻擊來累積能量。不過能靠自爆炸彈先存起來的也只有梅普露吧……」

受到攻擊的確能累積能量，但自然而然能感覺到那不是主要的累積方式。

這時梅普露趁熱消耗累積的能量，發動技能。

「【古代兵器】！」

梅普露宣告技能之後，懸浮的方塊瞬時變成每邊約兩公尺大並一分為二，中央伸出機槍的槍管束。

「……怎麼不射？」

「那基本上是自動攻擊吧？現在沒目標啊。」

「這樣啊，不過也好啦～槍再多下去我就拿不完了。」

「居然還會有這種事……」

槍多到拿不完的塔盾手究竟是什麼呢。說是槍手也未免太硬，說是塔盾手，攻擊力也太高了點。

「總之，能平安拿到新招就很棒了啦。」

多想也沒用，莎莉轉為祝福梅普露單純的強化。她得到的技能和道具都很強，有機會能成為戰況的轉捩點。

「這樣我就能幫打更多了！」

「讚喔～期待妳的表現～」

「呵呵呵，看我的吧！」

獲得新的力量後，兩人就此離去。

第六章　防禦特化與下次活動

日子一天天過去，梅普露和莎莉在第八階地區遊覽之餘，也不忘試用新獲得的技能與裝備。

「為了隨時能用【古代兵器】，要請伊茲姊幫我做很多炸彈才行呢！」

「不曉得有沒有聲音或特效比較小的版本。妳應該也知道能偷偷準備比較強吧？」

「弄得砰砰砰很容易被人發現呢。啊，把槍放背後怎麼樣？伊茲姊就做過大砲。」

站在自動發射的槍前面讓它射，就能輕鬆累積能量了吧。

「不在意畫面就行了吧？炸彈就已經很瞎了……」

兩人邊聊邊划小船，慢悠悠地在水面上前進。目前想要的技能已經到手，第八階也已經探索得很足夠了。

此後將會在完全沒有線索的狀況下探索，沒那麼容易發現寶物。與其當個無頭蒼蠅，還不如趁能休息的時候好好養精蓄銳。

「啊，話說今天好像會公布下次活動的資訊喔。」

「咦，真的嗎！」

「嗯，其實也差不多了啦。」

才剛提到，兩人就聽見系統訊息的提示聲，並接到下次更新的官方公告。

「咦～下次更新就上第九階喔！好快！」

「這次強化潛水衣什麼的就花了很多時間嘛。雖然還有很多地方還沒探索完，可是其他階層也都是這樣……」

找時間回其他階層走走也不錯。起初獲得的【毒龍】和【暴食】等技能都還很有用，相信回舊階層也能很有收穫，得到一些能用的東西。

想去的時候再回去慢慢逛就好。

「再來就是，關於第九階上線後的活動也提到了一點點。」

「呃，分成兩個陣營的大型ＰＶＰ……？」

「詳細內容還不知道，總之妳的新技能就能派上用場了吧？」

「妳的也是呀！」

「嗯。我還在練習怎麼騙人。」

想有效運用新技能，莎莉需要推演各種情況與行動。不是發動就有強力效果的技能，往往都有這樣的難處。

「可能通往第九階的地城就在這附近，我們過去看看情況吧？路要等更新以後才會開，還不用進去打。」

「嗯！好想先看看周圍是什麼感覺喔！」

還不曉得是不是跟以往攻略的地點一樣，直接潛下去就能到。若需要長時間潛水，就得請伊茲準備道具了。

由於距離很近，莎莉沒搬出水上摩托車，慢慢地划船過去。目的地出現在視線中之後，梅普露恍然大悟地頻頻點頭。

眼前的是尖端露出水面，底下直達遙遠水底的巨大高塔。往水裡一看，同樣有躲避淹水而層層加蓋的痕跡。當然，愈往下愈破舊，侵蝕得很嚴重。

「從這裡下去嗎？」

「就是這樣。沒辦法從中間進去，只能從上面了。」

塔雖破舊，卻沒有窗戶、大洞等缺口，找不到能從中進入的捷徑。

「大家一起下去就沒問題了！」

「幾乎沒怪物打得贏我們八個吧。」

「大家都很強呢。」

想找到能夠戰勝梅普露他們的怪物也很難。就算真的存在也能削弱，不太可能束手無策。不然能說是根本沒人打得倒了。

「改天再來打吧。嗯？」

「怎麼啦，莎莉？啊！」

兩人仰望天空，見到兩個大黑影。一個是在陽光下閃閃發亮的白龍，一個是雙翼燒得和太陽一樣旺的不死鳥。

「蜜伊！培因！」

「梅普露，這還真巧。我想妳是看到系統公告以後過來勘查的吧？」

「對對對！蜜伊也是嗎？」

「可以說是這樣。我剛好有事到這附近，就順便過來看看了。」

「培因也是來看地城狀況的嗎？」

「是啊。大部分時間都花在水裡，這裡都還沒打過，改天我會帶整個公會來打。把這裡每個角落都摸清楚，可以對能通過這裡的玩家強度多少了解一點。」

消息總是傳得很快，當時是如何通過地城想必會是眾玩家剛上第九階時的話題之一。對地城了解愈詳盡，或許就愈能猜中話題人物的技能。

一無所知與心裡有數，將會使狀況大幅改變。

「為了ＰＶＰ嗎。」

「那當然。到時候要是分到不同陣營，我希望能扳回一城。」

自第四次活動以來，他們都只有合作，沒有正面交鋒的機會。梅普露和莎莉後來增強很多，培因想必也是如此。

「我、我會加油的！」

「不管是敵是友都要全力以赴喔。如果打起來了，這次我們一定會贏。」

「我們也是。那時候被你們打得好慘，可是我在這裡宣告，今後不會再有那種事情了。」

「我……我也不會輸的！用團隊合作打贏你們！」

聽梅普露這麼說，蜜伊和培因臉上泛起「這就對了」的微笑。

「那我走嘍，期待下次活動。」

「再見啦，梅普露。在戰場上碰面那時，我會拿出全力的。」

培因就此進入地城，蜜伊則消失在水平線外。

「是喔～可能又要跟他們打了。」

「他們很強喔。第八次活動那時就明顯比以前強很多了。」

距離上次與他們敵對已經過了很長一段時間，不只等級提升，技能當然也有增加。而且現在大家都有魔寵，打起來一定很不一樣。尤其是他們的魔寵，本身看起來就特別強大。

絕對沒有上次那麼簡單。

「又要仔細擬定戰略了。不過妳後來增加了那麼多技能，只要用得好，有危險也能翻轉回來。」

「我們一起想吧！」

「喔，妳要想啊？那好，到時候出招的人還是妳自己，選妳順手的最好。」

玩了這麼久，梅普露也漸漸習慣戰鬥動作，了解到怎樣的行動能換取更好的結果。而這樣的了解，給了她思考的空間。

「像『失落遺產』的地城，妳提的方法就很成功……以後有想法就說吧。這樣比較好，而且我也很想跟妳聊戰術。」

「哈哈哈，那只是運氣好而已啦。」

第一次使用【方舟】就精準閃躲敵方不知何時發射的光束，運氣的確是占了很大一部分。

「之前看過妳用【神隱】消失躲開攻擊，所以我就想說這樣說不定也行。」

「多練習幾次以後，下次不是碰巧也躲得掉啦，妳行的。」

「真的嗎～？我真的會練喔～？」

「……練成就太棒了，很容易編進戰術裡。」

「嘿嘿嘿，那我就稍微練練看！」

「嗯，妳就練吧。」

看著積極表示意欲的梅普露，莎莉開心地點了點頭。

兩人就這麼坐著小船在塔前聊起來，不久又來了幾個其他玩家。既然這裡是前進下一階層的必經地城，有玩家來事先勘查也是理所當然，她們自己就是這樣。

「會妨礙他們嗎？」

「應該不會啦，只是這裡可能不適合聊天。」

在這種地方開重要的作戰會議，等於是說給別人聽。

想換個位置時，她們注意到熟悉的身影乘著小船接近。

「啊，真的在耶！」

「那當然呀，威爾怎麼可能看錯。」

來人是【thunder storm】和【Rapid Fire】的領導者們。看來威爾是用某種技能，從遠在兩人視距外的位置就看見她們了。

「實在很不好意思。我們聊到一半，看到妳們在附近就過來了。」

「PVP來了耶！PVP！」

相較於面帶歉意的威爾巴特，薇爾貝整個人都逼了過來，讓莎莉不禁苦笑。

「對呀，等到快受不了了吧？」

「就是說啊！同一國也不錯啦，可是這次我比較想當敵人的啦！」

聽薇爾貝說得這麼直，梅普露和莎莉都瞪圓了眼，然後雛田靦腆地補充道：

「……這次她都是那樣。」

「因為我都只玩PVP活動嘛！只要有機會對戰，當然是當敵人比較好的啦！」

儘管只要用決鬥等方式，她們隨時隨地都能進行ＰＶＰ對戰，不過活動只有一次，緊張與勝利的喜悅肯定是全然不同。梅普露或許不懂，但莎莉十分了解兩者間的差距。

「敵人啊，那我們就得好好想點對策了。」

薇爾貝已經做出能選就選敵對陣營的宣告了。既然不會同一陣營，比起尚未決定選哪邊的培因和蜜伊，更有必要先為她徹底研擬對策。

聽見莎莉果決的回答，莉莉也揚起嘴角。

「可以這麼直接真好。對了，我們還沒有為這方面作打算。至少目前沒有。」

「……這很正常啦，本來就沒必要像薇爾貝這樣當面宣告……」

雛田眼看公會成員又要嫌薇爾貝多嘴，無奈頂頂她的腹側。

「可是不管對上誰，我們都不會那麼容易就敗下陣的喔。」

「我想也是。要是敵對了，到時候請手下留情喔。」

這場正式的ＰＶＰ對每個人而言都是暌違已久。人人都知道別人有所成長，在第九階上線到活動開始這段期間，必然會想盡辦法到處刺探。

「那我們要一較高下嘍！」

「對呀！這次和上次決鬥不一樣，雛田也會在喔！不會輸給妳們的啦！」

兩人合作，能發揮一加一大於二的效果，梅普露她們也熟知這點。曾在決鬥中勝過薇爾貝的莎莉，很明白結果不會永遠一樣。

「事情還久得很啦，我還要多磨練箭術才行。」

從剛才的活動預告，還看不出誰是敵是友。能做的就是提升自己的能力，與蒐集他人的情報。

「薇爾貝，妳們要進地城嗎？」

「對呀！跟你們一起去！」

「能近距離看妳們戰鬥的話，我是沒理由拒絕啦。」

從雛田複雜的表情，也能看出薇爾貝並沒有刺探情報的意思，不過那似乎是常有的事，雛田沒有打算阻止的樣子。

「妳們也要來嗎？舉雙手歡迎的啦！」

「梅普露，要去嗎？」

梅普露想了想，回答：

「嗯……我是打算跟公會的人一起去啦……這次就抱歉嘍。」

「知道了！下次有機會再一起玩！」

「嗯！謝謝！」

兩人揮手目送和培因一樣消失在地城內的四人，重新划動小船離開。

「大家都在忙著準備下次活動呢。」

「雖然和怪物戰鬥啊探索這些是很好玩沒錯，可是看樣子，和人對戰也是很有必要

的呢。」

「這也是莎莉拿手的呢。」

「……對呀。不只拿手，也很喜歡。」

如薇爾貝所說，只有在活動時能享受勝敗差異巨大的戰鬥。會有玩家鬥志高昂也是很自然的事。

「接下來去第九階探索一下，再來就是活動了！」

「…………」

「莎莉？怎麼啦？」

「嗯？啊，沒有啦……我在想戰略。不過在詳細戰鬥形式出來之前，基本上是想不出什麼東西啦。」

現在只知道那會是大型ＰＶＰ活動而已。有可能像第四次活動那樣互搶各自基地的寶珠，也可能是大逃殺類型。

最合適的戰法，將會隨內容大幅改變。

「現在想太多也沒用，到了第九階再說吧。在活動開始之前，梅普露還有可能變得更強嘛。」

新增階層即表示事件與地城都會一口氣增加很多，也就是梅普露的強度還有可能往異次元發展。概率當然是偏低，但眼前正是一個碰巧找到各種東西而誕生的怪物，所以莎莉不敢鐵齒。

「好～加油嘍～！」

「嗯，我也要把技能練得更熟一點。」

對於莎莉來說，既然期限已經大致訂出，就非得在那之前習慣利用新獨特裝備來戰鬥不可。接下來的對手不是怪物，而是一群頂級玩家。現在她只用過【立體投影】以及【虛實反轉】來複製梅普露的技能和變形武器等能力，需要及早將所有技能都練到盡善盡美。

「那我們回去吧。」

「嗯！一下來好多人，嚇我一大跳～」

這次目的不是攻略，而是從外觀猜想地城的氛圍與大小，以及確認位置，莎莉便就此划船離開。

在不同於水上摩托車的悠閒船旅上，梅普露拿出釣竿垂釣起來。

「呵呵呵，回城以前釣得到嗎？」

「至、至少釣得到一條吧！」

釣魚這部分，梅普露從開始遊戲至今都沒有任何變化，所需時間一秒也沒縮短。

為了讓她至少能釣到一條，莎莉偷偷放慢速度，慢慢地划向城鎮。

但在這般悠閒的時光中，莎莉始終是若有所思的臉。

「……只要有機會對戰就敵對啊。」

她喃喃地複誦著薇爾貝的話。這句並非對誰說的話，很快就被她自己的划槳聲打碎，沒入空中消失不見。

第七章　防禦特化與抵達第九階

時間過得很快，第九階上線的日子到了。梅普露等【大楓樹】八名成員聚集起來，準備前去攻略那座深入水底的高塔。

「拜第八階所賜，我的【游泳】和【潛水】升了好多級喔。」

「能在第九階派上用場就好了。」

「好快就跟第八階告別嘍～不過以後要做水屬性道具的話，搞不好需要經常回來喔。」

「唔唔，如果我們也有【游泳】就好了。」

「能力值根本不夠……」

「這個部分就要靠妳們今天好好表現補回來嘍。能把魔王秒掉，我的書就能少用很多了。」

「「好！」」

「好～那我們趕快出發！」

「糖漿，麻煩你嘍。」

想全體腳步劃一地行進，在這裡是能無視地形的糖漿最合適。

梅普露使糖漿巨大化，所有人騎到牠背上，往塔的方向飛。

「現在有地面的話，大多是騎小白了。」

「能飛真的好棒喔。」

這次地城和怪物都在水裡，天上沒有半個敵人，可以隨心所欲地飛。

一行八人就這麼風平浪靜地抵達那座塔。

停下糖漿，跳到塔頂上後，梅普露便使糖漿恢復原來大小。【巨大化】的糖漿實在進不了塔裡。

當一切準備就緒，眾人聚集到發動【獻身慈愛】的梅普露身邊。塔頂區域沒有淹水，直徑十多公尺的地板上有個往下的木門，掀開就能從更深一層樓的頂部下去。

「不用一般的樓梯是為了擋水吧。」

「沒怪物的樣子，可以放心下去。」

從沒有怪物襲來的樣子，可以看出這裡只是入口。

「那安全起見，我站在這裡喔！」

梅普露站到門邊，將通往更深一層樓的通道納入【獻身慈愛】的圓柱形範圍。

「那我開嘍。」

克羅姆掀開門，見到沒有窗口的下一層樓果真是一片黑暗。拿燈一照，裡頭同樣沒淹水，但有些動靜。

「……有東西耶。」

梅普露的防禦網直達下一層樓，下去不會有問題，可是兩層樓之間只架了一道垂直的鐵梯，不容易一口氣跳下去。

「我是可以帶麻衣跟結衣或霞跳下去啦……」

「……不過，我們現在占據了上方呢。」

這表示有其他打法可以選擇。克羅姆從伊茲的賊笑看出了她的意思，認為這樣的確最安全而交給她。

接下來發生的是很令人哭笑不得的事。大夥以流水線方式從唯一的出入口往下投入大量炸彈，堆滿以後再丟進一顆會起火的水晶，之後便關上門。

「耳朵摀起來！」

驚人的爆炸聲與震撼緊接著從樓下傳來。木門是場景物件，不會損壞也不會衝開，爆炸對梅普露這一層樓沒有任何影響，但底下恐怕沒有任何生命體殘存了。

「……地利真可怕。」

「對啊，真的。」

「我們暫且就這樣下去吧，有水以後再說。」

他們就這麼靠伊茲對底下房間全域的無差別轟炸前進了幾層樓，連怪物長什麼樣都不知道，通通炸成碎片。

「……被伊茲姊占到有利位置真的好恐怖喔。」

「超強的！這樣大家就都沒事了！」

常言道：「攻擊就是最好的防禦。」在出事以前將一切都炸個灰飛煙滅，就什麼問題也沒有了。

「啊……可是情況不太一樣，下一層樓有水。」

「哎呀，那好像炸不太起來了。」

「不過變得滿亮的，可以看到滿大隻的魚在游。」

「那就穿潛水衣下去？以麻衣和結衣為主，把怪搥爆那樣？」

「下去的時候，我會顧住你們的！」

「好，那就下去看看吧。」

有梅普露在就沒問題了。於是克羅姆帶頭以策萬全，結衣和麻衣第二，梅普露再跟著下去。

一跳進水裡，裡頭的魚就起了反應，亮出整排利齒大批襲來。

「咬我會出事喔？麻衣、結衣！」

「「【快速換裝】！」」

結衣和麻衣隨克羅姆吸引魚群後來到，各自揮舞八把巨鎚。
每一把都有濃縮伊茲所有炸彈般的威力。
她們單純揮舞巨鎚的普通攻擊破壞力，就已經超越其他玩家的必殺技。
只要被巨鎚擦到，就真的會當場碎屍萬段。兩人單純的暴力瞬時掃蕩整個房間，使一切歸為虛無。
「呼……雖然知道打到自己人不會受傷，還是會緊張耶。」
儘管結衣和麻衣也會刻意避開其他人，當能夠破壞一切的鐵塊掠過眼前，身體依然會下意識定住。
「果然厲害～！」
「成功清光光了！」
「梅普露……也謝謝妳的保護。」
「嘿嘿嘿，不過妳們清那麼快，其實也不需要了。」
她們是因為萬一遭受攻擊也無所謂，才能放寬心慢慢打。那才是塔盾玩家原來的職責所在，克羅姆聽了欣慰地點點頭。
「好像順利結束了。」
「喔喔，莎莉。是啊，她們兩個只要揮揮鎚子，小怪就會自己死光。而且【獻身慈愛】對上下都有效，恐怖到我心裡發寒啊。」

「就是啊……」

範圍又大到足以涵蓋整個樓層，使得突破梅普露的防禦成為這座塔的怪物踏上戰場的先決條件。而這個條件極為嚴苛，所有人都知道幾乎不可能。

「好～大膽向前！攻擊就交給各位了！」

既然是全體集合，梅普露便不需要刻意參與戰鬥。重要的是隨時準備喝藥水，以防突如其來的大傷害。只要梅普露不倒，戰線就不可能垮。

戰法從以伊茲為主切換成以麻衣、結衣、霞與莎莉四名攻擊手為中心，繼續往下深入。動作快的怪物由霞和莎莉負責，看似血多防高的怪物則交給結衣和麻衣暴力破解。克羅姆負責拉怪，用涅庫羅的技能降低【ＡＧＩ】，輕輕鬆鬆剷除怪物。

「太猛了～我們都不需要幫打了吧。」

「呵呵，能落得輕鬆我也很開心。可以省下不少書呢。」

「你書又變多了嗎，會有用完的一天嗎？」

「嗯～搞不好會有喔？」

「奏把書全部用出來，場面一定很壯觀。」

「哈哈哈，就是啊。要是遇到可能需要全部技能的場面，我就全部用出來。」

梅普露和伊茲都無法想像究竟什麼樣的對手會需要做到這種地步。

三人聊到一半，莎莉從下一層樓探出頭來。

「打完嘍～再來突然變很深，最好一起下去喔。」

「好的好的～！」

「大概有幾層樓的深度？我可以先做好用魔導書的準備。」

「嗯，先準備吧。從頂端看不太出來有多深，不過我們都下來這麼多層樓了，遇到魔王也不奇怪。」

所有人一起進入下一層樓後，見到的是底下一片地板也不剩，到最下面都只有外牆的空間。從毀壞方式和邊緣的殘留狀況來看，不太像是被水侵蝕而崩塌，而是遭到某種巨物破壞。

「很深喔？到底下去好像很花時間。」

「不過沒有分層，就表示可以一口氣前進很多。」

「……有東西發光了？小心！」

討論該怎麼辦時，莎莉在下方遠處見到閃光而發出警告。當所有人往下看時，三個閃亮的水團連續射來。

莎莉和霞敏捷閃避，克羅姆用盾擋下其中一個，伊茲和奏勉強躲開另一個。然而動作緩慢又沒有【游泳】技能的結衣和麻衣就躲不掉了。

水團擊中她們而激起大把泡沫和特效。【獻身慈愛】將攻擊轉移給梅普露承受，所有人都往她看去。

「……沒有傷害！可是空氣少很多！」

梅普露見到她氧氣殘量隨命中次數狠狠少了兩截，趕緊回報狀況。

「對喔，她還有這個弱點……！」

「討厭耶。在花時間的地城裡，最大的敵人是耗氧攻擊嗎。」

從氣氛很不一樣，加上戰鬥地形出現變化來看，那很可能是魔王的攻擊。

可是距離很遠，連身影都看不見，就只有長程攻擊從黑暗的深深水底射過來。

「用盾擋掉就沒事了！就以我和梅普露為中心，舉盾潛到最底吧。花太多時間，梅普露就慘了！」

「是啊，我也來準備防禦魔法。」

「我用刀彈開。我有【心眼】，可以看出攻擊的預兆。」

「我換成塔盾也能幫上一點忙吧？」

「麻衣、結衣，我們一起保護妳們，過去把魔王搥爆吧！」

「「好」」！

「好～！大家出發！」

在梅普露的一聲號令之下，八人以塔底為目標開始下潛。結衣和麻衣退在後方，讓梅普露和克羅姆在她們前面做好防禦，伊茲和奏支援，霞和莎莉則到最前線，主動清除攻擊。

勝利條件是護送結衣和麻衣到底下的某物身邊。只要進入射程，沒有她們打不倒的怪物。

「這次有四發！」

「這邊我來！」

「我來擋一個！」

霞飛快揮刀，水團在命中前一刻變成碎塊，化為泡沫消失不見。

莎莉為保安全，將武器變成塔盾來抵擋。另外兩發由梅普露和克羅姆擋下，一發都不讓它成功命中。

「「謝謝！」」

「分工合作而已啦！」

「對呀，適才適所啦。妳們專心揍扁魔王就對了。」

如此漂亮化解一波波水團攻擊後，霞和莎莉察覺到水中出現些許變化。

「水流變了……霞！」

「【心眼】！」

當莎莉的預感化為肯定，霞立刻發動技能，眼中見到的是除牆邊之外的整個房間都布滿了預示攻擊的紅光。

「全部靠牆！有東西要來了！」

【心眼】狀態下的霞絕對不會看錯，那是短瞬後必定發生的事。

就在所有人貼上牆的那一刻，中央一道巨大水流沖天而過。被擊中不僅會受傷，恐怕還會退回原點。

「再來是邊緣，回中間！」

「霞，還能用嗎？」

「……可以。【戰場修羅】【心眼】。」

霞身上冒出紅色氣場，技能冷卻時間大幅縮短，使【心眼】得以連續使用。

「這次效果結束以後就不能再用，但是只要來得及能把她們送過去，就沒那個必要了。」

即使【戰場修羅】要付出暫時無法使用該技能的代價，守住結衣和麻衣的利益更在那之上。

一般攻擊對現在的霞起不了作用。

看得見必然的未來，讓她能完美迴避幾乎沒有前兆的攻擊。靠的不是經驗或直覺，不會有失誤或誤判。

完全避開這一波水流後，【戰場修羅】的時效也宣告結束，霞的視野恢復正常。

「時間到了嗎……再來看妳們了。」

「都潛這麼深了，也該看到了吧。」

八人注視水底，在黑暗中發現有大量光點如星空般閃動。

他們不會不懂那表示什麼。

「我來設護壁！」

「湊，【甦醒】【擬態】【防禦魔術】。」

奏與湊各張一面護壁，伊茲迅速取出六顆水晶丟出去，設下劈啪作響的能量屏障。

水底光點的真面目是大量水彈，它們聚集為幾乎無法完全躲過的彈幕襲向八人。然而直撲而來的攻勢被重重護壁徹底擋下，再一次化解了攻擊。

「……看見了！」

最前方的莎莉在這時終於見到魔王。牠有許多的鰭，與幾乎和塔直徑一樣長的巨大身軀，以及一身燦爛的蒼白鱗片。那並不是魚，而是堪稱水龍的生物。

水龍注意到八人已離得很近，擺動身軀快速上升。

「……！別讓牠過去！不然上下就逆轉了！」

若被它撞開而溜過去，又要再次躲避攻擊往上游了。原本那是無可避免，但對這八人來說，只要製造一瞬間的機會就行。

「湊，【緩慢力場】！」

「涅庫羅，【死亡之重】！」

湊扭曲空間，涅庫羅的力量使克羅姆背後閃現巨大骷髏的暗影，兩者都能使水龍動作遲緩，減慢速度。

「【水底的引誘】！」

梅普露大張的其中一條觸手抓中了魔王，炸出大量傷害特效。但那不是技能本來的效果，純粹是【暴食】所造成，觸手的真正作用還在後面。

啪滋一聲，水龍的身體瞬時麻痺。魔王抵抗力高，時效僅有一秒。

不過在這一秒——

牠的動作完全停止，而且有兩個人已經等待這一刻很久了。

「「【雙重衝擊】！」」

十六把巨鎚逮中牠的軀體，施加強烈的攻擊。除非是擁有物理抗性或團征魔王，不然沒有誰扛得住這壓倒性的力量。

十六道衝擊貫透全身，將魔王的ＨＰ瞬間轟滅。

擊破魔王後，一行人在恢復寂靜的塔內往下潛，接著在底部發現前往下一階地區的魔法陣。

「大家辛苦啦～！多虧各位的努力，氣氛還很夠！」

「太好了，梅普露也麻得很漂亮喔。」

「難得看到妳觸手的麻痺發揮效用耶。」
「因為一般怪物在那之前就被吞掉了嘛。」
「就是啊……」
攻克這座地城後，就要暫時揮別這一望無際的水世界了。
水下有氧氣限制，留在這說話並非上策，八人便就此踏入傳送到下一階的魔法陣。
「會是什麼樣的地方呢！」
「這就等我們自己過去一探究竟了吧。」
八人在光輝籠罩下消失。一會兒後染白的視線恢復原狀，腳下傳來紮實地面的感覺。他們脫下潛水衣，以開闊視線查看布於眼下的世界。
從這山丘上瞭望，可清楚辨識出兩個別具特色的地區。
一邊是水與冰，以白為主色的森林地帶，另一邊是火與雷，以黑為主色，到處是醒目岩石與岩漿池的地區，彷彿象徵光明與黑暗。光是這樣看一眼，就能舉出不少形成強烈對比的部分。
而且兩邊都有遠遠就能望見的大型城鎮。
「哎呀呀，原來如此。大概知道為什麼要辨分成兩陣營的ＰＶＰ了。」
「是啊，都擺得這麼明顯了。」
「是一整個公會選一邊呢，還是可以自己選自己的？」

「姊姊喜歡哪邊？」

「咦，嗯……綠色多的地方好像比較安全耶……」

【大楓樹】成員們對新階層頭一次見到的景象各抒其懷。

「梅普露，那妳呢？應該是要選邊站沒錯吧，印象是光明與黑暗的感覺。」

光看技能，梅普露是偏向黑暗。然而她在第八階也補了不少光明成分。

「唔，這要先看一看才知道吧。」

「說得也是。應該是活動的時候才要決定。」

在那之前要先探索一陣子，好決定該選哪一邊。

綠意較多的一邊景色比較優美，但是充滿岩漿和岩石，看似比較危險的那邊，或許能見到許多過去沒見過的事。

而這點雖讓梅普露頗為猶豫，但兩邊應該都很有看頭才對。

「好～！先到處走一走再說！」

梅普露俯瞰著新階層，雀躍地大聲宣告。

350名稱：無名長槍手

PVP終於來啦～

351名稱：無名弓箭手
驗收成長程度的時候到了。

352名稱：無名巨劍手
不管內容如何，我都會努力避免早早退場的。

353名稱：無名魔法師
我也有變強，可是怪物就是怪物啊～

354名稱：無名塔盾手
感覺不是一對一，要看戰術了吧。

355名稱：無名魔法師
啊，怪物家族的來了。

３５６名稱：無名塔盾手
誰是怪物家族。

３５７名稱：無名巨劍手
你在第八階打得怎麼樣？有什麼特別的嗎？

３５８名稱：無名塔盾手
發生了很多事，但也只是這樣而已。

３５９名稱：無名長槍手
看樣子他們又搞事了，一定的。
一定有鬼。

３６０名稱：無名弓箭手
怪事不會隨隨便便就發生的吧～
不會的吧……？

３６１名稱：無名魔法師
ＰＶＰ快開了，到敵對陣營不就能親身體驗了嗎？

３６２名稱：無名巨劍手
拜託不要是暴虐那種。

３６３名稱：無名長槍手
如果她一手變觸手那個擴散到全身怎麼辦？

３６４名稱：無名弓箭手
啊……這次都在水裡嘛。
多一、兩條觸手出來也不奇怪。

３６５名稱：無名塔盾手
你們把梅普露當成什麼了。

３６６名稱：無名長槍手

最終魔王。

367名稱：無名弓箭手
怪物＋人÷２　少許天使
～佐觸手～

368名稱：無名巨劍手
怎麼可以少了武器。

369名稱：無名魔法師
好像很難吃。

370名稱：無名塔盾手
可是都是她的對手被吃耶。

371名稱：無名長槍手
不要吃得理所當然好嗎。

372名稱：無名弓箭手
其實她也有可能根本沒變強吧。

373名稱：無名巨劍手
這種想法太一廂情願。
哪次沒變過？

374名稱：無名塔盾手
實際情況就請各位親眼見證吧。

375名稱：無名魔法師
你指的是在會戰上自己看的意思嗎？我是很想近距離看一看啦……

究竟有何變化，要見到了才知道。當然，對梅普露以外的玩家也都是如此。

梅普露他們，以及其競爭對手【聖劍集結】【炎帝之國】【thunder storm】【Rapid Fire】的每個人都在各自生活之餘探索第九階地區，期盼著即將到來的ＰＶＰ活動。

增寫番外篇　防禦特化與心思

第八階地區，莉莉和威爾巴特照常在平靜水面上慢慢地划船。

今天官方公布了第九階的消息，兩人便打算進入通往第九階的地層實地勘查。

「莉莉，妳看前面……」

「哈哈哈。這麼大聲，我早就發現了啦。話說……她真的都這麼誇張耶。」

背對行進方向的莉莉轉頭用眼睛確認聲音來源。現在明明是藍天白雲，風和日麗的天氣，只有一部分澆注著大量雷電。

那塊區域還會不時移動，看得出那不是第八階的事件。

「好像要上來嘍。」

「是喔，那麼……就等一下吧。」

「好。」

不久澆注大海的雷光止息，兩個人從水中現身。她們是【thunder storm】的薇爾貝和雛田。

「妳的招式還是一樣招搖呢，嗯。」

「嗯……？啊，莉莉耶！」

「今天也在戰鬥啊？不過這附近的怪物應該不夠妳打吧。」

水中生物面對薇爾貝的廣域雷擊，即使在水中有快速行動的優勢卻一點辦法也沒有，就只能早點靠過去變成焦炭而已。雛田見對話會繼續下去，便使自己和薇爾貝一起浮起，拿出小船降落在那上面。

「嘿、咻……謝啦！就是啊，打起來很沒感覺。不過下次活動是ＰＶＰ，忍到那時候就好的啦！」

比起強怪，強力玩家隨便都能想到好幾個。來到第八階時，有許多玩家各自走各自的路，其中當然不乏與「強力」一詞相連結的玩家。

「ＰＶＰ啊。既然是陣營對抗，規模應該比公會戰還要大吧。」

詳情仍不明瞭，但可以預料的是，或許會出現複數公會互相合作的大型會戰。

「就是啊～」

「我是想趁現在跟可能會加入我們的人約一約啦。妳也知道，會想和我們對打的人本來就不多。」

「……薇爾貝，妳覺得呢？」

雛田只打算配合薇爾貝的決定，沒有多表示意見。薇爾貝聽了莉莉的話，想了想之後回答：

「唔唔，之前都拿出全力了呢……」

「哈哈哈，多謝賜教啦。」

「所以我們很清楚妳的強度。要怎麼做先考慮一下也行。」

薇爾貝聽了威爾巴特的建議後又想了想，大大點頭。

「這樣說好像真的有道理耶！我現在想對戰的人也變很多了。」

「……這對公會裡的人也是個好消息吧？」

「就是啊！他們每次都陪我要任性……」

若能和【Rapid Fire】聯手，在下次PVP活動將會是一大勢力。遊戲裡大型公會並不多，他們又是特別有力的公會，可說是最好的合作對象，公會成員應該也不會反對。

「當然不是這樣就說定。我自己還會再看情況，去問問看其他人的意願。」

「要是不方便的話，大可直接拒絕沒關係。」莉莉補充。重點是事先知會過就好。

「你們也有變強嗎？」

「嗯……你說呢，威爾？」

「至少等級有升高，技能這邊總不會一個也沒拿到吧。所以……」

「呵呵，聽到了吧。」

在第八階經歷各種冒險之後變強的，不只是梅普露幾個而已。各玩家也從水底撈出了某些寶物。

「喔喔～！果然厲害！」
「那妳們兩個怎麼樣呢？」
「我沒變強多少啦～公會裡倒是有人找到很多東西就是了。不過啊，雛田又另當別論嘍！」
「這樣啊。愈來愈不想跟你們敵對了呢。」
「你們接下來要去打哪裡嗎？」
「對，去通往第九階的地城勘查一下。」
「要一起來嗎？就是，在考慮合不合作之前……先看看彼此實力的變化怎麼樣？」
「我要我要！雛田，妳也要來喔！」
「是可以啦……可是我不一定會用新技能之類的喔……」
「既然這樣，我們就趕快出發吧。有話路上再聊。」
四人就此結伴往目標地城前進。

◆□◆□◆□◆□◆

睽違多時的ＰＶＰ公告，當然也在其他公會激起了漣漪。尤其是在過往ＰＶＰ中締造佳績的公會將特別受到針對，準備起來非得加倍用心不可，梅普露就是一個特別好懂的例子。但無論是什麼樣的玩家，都會遇到技能相剋而使得其中一方明顯有利或不利的問題。

在這個技能多采多姿的遊戲裡，懂得利用這點，小蝦米也能扳倒大鯨魚。

在這樣的環境下，有的公會想變得更強，以避免這種事發生。頂尖的大型公會【聖劍集結】就是其一。

「芙蕾德麗卡，妳有蒐集情報嗎？」

「多多少少啦～我也說好多遍了，第八階都泡在水裡～實在很不適合我耶～」

芙蕾德麗卡無力地回答絕德的問題。她雖能藉魔法加快速度，但後衛型法師的體能能力值本來就不高，很容易被其他玩家甩開。不過培因不以為意地說：

「能知道的，就要盡可能去蒐集。再說ＰＶＰ開始前，我們會在第九階待上一陣子，這段時間肯定很重要。」

結束第八階的探索而前進第九階的玩家們，想必會在熟悉的土地上使用他們在水中尋得的各項收穫。事先知道哪些玩家提升到何種程度，在陣營對抗中將是一大優勢。像莉莉那樣探訪強力玩家，或向近期嶄露頭角的玩家邀請結盟，容易使戰況往有利的方向發展。

「嗯，我會在那邊把第八階的份拚回來的～」

「ＰＶＰ啊。規模會比公會戰那時還大吧？好像會很辛苦喔。」

聽多拉古開玩笑的口氣，絕德也以玩笑口吻回應：

「這樣芙蕾德麗卡就有得表現了吧，那一大堆ＢＵＦＦ會很有用才對。」

「吼～你們也要變得更能打團體戰喔～？」

「上次活動被妳幫那麼多，下次當然也會讓妳有期待嘛。」

「那是我的工作，當然要做好來呀～」

「所以培因，你怎麼打算？既然是陣營對抗，把強的先拉攏過來會比較好贏吧？」

「就是啊，朋友愈多愈輕鬆嘛。」

「我當然會去問問看，只是……除此之外，我更希望得到只憑我們自己也能扭轉戰況的能力。」

「要求太高了吧～」

培因態度頗為認真，其他三人也都感受得到。若能不靠他人幫助就能夠凌駕一切，稱為最完美的最強也不為過。

「很好！這種事我不會反對！」

「是嗎，很高興聽你這麼說。」

「是啦，不安因素當然是愈少愈好。」

既然能百分百掌握的只有自己的資訊，那就要在能夠掌握的範圍內做到最好最強才行。

「招式上的搭配都再檢查一遍吧。不只是芙蕾德麗卡在團體戰特別強，絕德和多拉古現在魔寵練起來了，能應對的戰況也更廣了才對。」

「那還用說！」

「我會盡我所能的。而既然都盡力了，當然是想贏啦。」

「要努力不讓我受傷喔～」

【聖劍集結】也以自己的方式，為下次活動的勝利蒐集每一片拼圖。

◆□◆□◆□◆□◆

最後一個與梅普露他們有交流的公會，是【炎帝之國】。這裡今天一樣在聊ＰＶＰ與第九階的話題。

「大家都好興奮的樣子。」

「正常的啦。好久沒有ＰＶＰ，對某些人來說是終於有機會雪恥了嘛。」

也透露些許幹勁的辛恩這麼說之後，米瑟莉和馬克斯接著說：

「這樣能讓大家振奮一下，也挺不錯的。」

「想到要跟高手對戰，我的胃就好痛……」

「所以蜜伊，妳怎麼打算？當然是要贏吧？」

「那當然。現在資訊太少，形式、戰鬥場地和時長都不曉得……要下決定還早得很。藏好手牌，把決定保留到最後一刻，肯定是有好沒壞。」

「這樣說也沒錯啦。我們有動作，別的公會就會有反應，先被人想出對策卡死也不好。」

「是啊。在這一點上，辛恩你弱點比較少，要盡量善用你的優勢。」

「好！看我的！」

蜜伊的弱點是火傷減免，馬克斯是看穿陷阱，米瑟莉則是降低補血量。三個人都有明確方向能對付。這並不是平時就需要以ＰＶＰ為考量的遊戲，目前同時能做到這三點的玩家想必是少之又少，但知道誰會和誰敵對以後就很難說了。

「再說我們還有一整個公會能幫。」

「大家都好可靠喔……就只有我……」

「可以大家聚在一起戰鬥就好了。如果米瑟莉和馬克斯都在，打團體戰我也不怕。」

只要能堅守戰線，相信以蜜伊為首的高火力法師群一定能扭轉戰況。他們雖能以壓倒性的個人戰力進行單點突破，但他們的強項並不只如此。

「其他公會怎麼樣？蜜伊妳不是經常跟【大楓樹】碰面嗎？」

「目前我還沒打算跟他們結盟或敵對。當然，他們會是很可靠的盟友，但也是我們必須戰勝的對象。」

「就是啊……要是對上他們……這次我會努力擋下他們的……大概。」

「哈哈，這種話要說得肯定一點吧。」

「大家一起合作吧。」

「再說一次，是盟友就無所謂了。基本上看著辦就對了啦。」

「ＯＫ～那我也再多練一下，練到跟誰打都能有來有往這樣。馬克斯，要一起來嗎。我想試試看【崩劍】的微控。」

「好啊……我也想試新陷阱。」

「慢走喔。」

「好！」

「嗯……下次見。」

兩人對揮著手的米瑟莉告別就走了。他們也在第八階升了不少級，為新階層與新活動做準備。

和米瑟莉獨處之後，蜜伊的氣場忽然軟了下來。

「唉……ＰＶＰ啊……」

「不和【大楓樹】那邊表示一下真的好嗎？」

「嗯。我剛才說的都是我真正的想法。雖然上次輸了，不過跟他們的交情也變得很不錯。」

「這樣啊。呵呵，究竟會是哪邊呢？」

「唔唔，想到可能變敵人，我就好緊張。」

「馬克斯和辛恩都會幫妳的啦。」

「我也會努力的。米瑟莉，再拜託妳嘍。」

「好的，沒問題。」

眾人各懷心思，面對即將從第八階移至第九階，再轉為活動的舞台。誰也不會知道，這場玩家間的衝突最後將由何者勝出。

後記

一時興起而捧起第十二集的讀者，幸會。一路看到這裡的讀者，請接受我無比的感謝。大家好，我是夕蜜柑。

時間過得很快，《防點滿》已經十二集了。能夠走到這裡，我也深深明白這都是拜各位的扶持所賜。第十二集有幾個大事件，需要再過一陣子才會知道這些事件會帶來什麼樣的影響，敬請期待。

一些新裝備等外觀上的變化也畫成了插圖，而且愈看愈歡樂，讓人覺得好厲害。能這樣一集集增添插畫特有的魅力，我是真的很高興。ＴＶ動畫方面，如果有新消息，我一定會向各位報告。就像插圖讓這篇小說更有魅力一樣，ＴＶ動畫也非常地棒，以其特有的方式將梅普露他們的愉快冒險送到各位眼前。這部分也請各位耐心等候了。

漫畫這邊好像也吸引了很多讀者，讓我深刻體會到每個領域的人都好厲害。不過我對漫畫一竅不通，所以幾乎是單純以一個讀者的角度感覺好厲害這樣。

另外就是模型人偶也準備上市了。這在我人生中也是前所謂有的事，真的讓人非常感慨。可以的話，這邊也請各位多多關照。在這部作品藉各種媒體呈現出各種魅力的同時，我也會盡力向各位報告續集等相關消息的。

當然，身為原作的我也不能輸給其他媒體，一定會再接再厲。還請各位繼續支持《防點滿》。

那麼，這集就到這裡結束了，希望下次能繼續帶來好消息。

再一次地，我一定會拿出不輸其他版本的鬥志，讓各位看到更多梅普露他們的冒險，未來也請多指教。期盼我們在未來的第十三集再會。

夕蜜柑

國家圖書館出版品預行編目資料

怕痛的我,把防禦力點滿就對了/夕蜜柑作；吳松諺譯. -- 初版. -- 臺北市：臺灣角川股份有限公司, 2022.03-

冊；　公分. -- (Kadokawa fantastic novels)

譯自：痛いのは嫌なので防御力に極振りしたいと思います

ISBN 978-626-321-281-7(第12冊：平裝)

861.59　　111000486

Kadokawa
Fantastic
Novels

怕痛的我，把防禦力點滿就對了 12

（原著名：痛いのは嫌なので防御力に極振りしたいと思います。12）

2022年3月14日 初版第1刷發行
2023年6月7日 初版第3刷發行

作者：夕蜜柑
插畫：狐印
譯者：吳松諺

發行人：岩崎剛人
總編輯：蔡佩芬
編輯：黎夢萍
美術設計：黃永漢
印務：李明修（主任）、張加恩（主任）、張凱棋

發行所：台灣角川股份有限公司
地址：104台北市中山區松江路223號3樓
電話：（02）2515-3000
傳真：（02）2515-0033
網址：www.kadokawa.com.tw
劃撥帳戶：台灣角川股份有限公司
劃撥帳號：19487412
法律顧問：有澤法律事務所
製版：巨茂科技印刷有限公司
ISBN：978-626-321-281-7

ITAINO WA IYA NANODE BOGYORYOKU NI KYOKUFURI SHITAITO OMOIMASU.Vol.12

First published in Japan in 2021 by KADOKAWA CORPORATION, Tokyo.
Complex Chinese translation rights arranged with KADOKAWA CORPORATION, Tokyo.